EN AUSENCIA

LAURA DIAZ DE ARCE

Traducido por
MILENA BERNACHEA

Copyright (C) 2022 Laura Diaz de Arce

Diseño de maquetación y copyright (C) 2022 por Next Chapter

Publicado en 2022 por Next Chapter

Editado por Celeste Mayorga

Arte de portada por CoverMint

Edición en rústica

Este libro es una obra de ficción. Los nombres, personajes, lugares e incidentes son producto de la imaginación del autor o se usan de manera ficticia. Cualquier parecido con personas, vivas o muertas, eventos o lugares reales es mera coincidencia.

Todos los derechos reservados. Ninguna parte de este libro puede ser reproducida o transmitida en ninguna forma o por ningún medio electrónico o mecánico, incluidas fotocopias, grabaciones o cualquier sistema de almacenamiento y recuperación de información, sin la autorización del autor.

Para mis abuelos

NOTA DE LA AUTORA

Estimado Lector,

Esta es una colección sobre el dolor. En los últimos años, me encontré en un estado de depresión perpetua que, aunque tolerable, era una carga paralizante. Muchas de las obras de esta colección son un reflejo de esa época, de cuando estaba trabajando mi incapacidad para procesar la pérdida de una manera que la aliviara por completo. Las historias, aunque en su mayoría pertenecen a alguna categoría de terror, reflejan esos intentos de recontextualizar diversos matices de dolor en algo móvil y respirable. Mis intentos de extirpar estos sentimientos significan que escribí temas y escenas que eran dolorosas para mí. Estos incluyen muerte, mutilación, muerte y mutilación infantil, muerte y mutilación de animales, horror corporal, violencia, canibalismo, alusión a abortos espontáneos y consumo de alimentos crudos. Considera esto antes de seguir adelante.

Laura Diaz de Arce

EN AUSENCIA

Mi cabeza tocó la almohada y pensé que me quedaría dormida pronto, como otras noches después de un largo día. Mis ojos estaban cerrados, mi respiración lenta, pero pasaban los minutos, pasaban las horas, y yo no lograba dormir. Di vueltas. Me giré. Probé muchas posiciones diferentes. Las horas pasaban. No dormía.

Había experimentado muchos cambios últimamente. La hinchazón en mi vientre se había desinflado por falta de intrusión, y podía acostarme sobre él mientras el sueño se convertía en mi consuelo. En unos pocos días, mi vida había pasado de la posibilidad momentánea y una compañía constante a una soledad silenciosa. Ese tipo de pérdida, una en la que prefiero no pensar, era una constante en mi vida. Se había vuelto natural quemar la memoria de las cosas pasadas en una pila de cenizas y dejar que volaran. El sueño me ayudaba a hacerlo. Debería haber sido fácil cerrar los ojos y caer en el olvido. En cambio, el sueño me evitó toda la noche.

El día después de la primera noche de insomnio, traté de mantenerme calmada, aunque a veces no tuve éxito y dejé ver mi descontento. Esa segunda noche me acosté de nuevo, el sueño no vino y empecé a temer. A la tercera noche, estaba llena de ira. La ira no alcanzó su punto máximo; no expulsó la energía guardada en mí. En cambio, se acumuló, como una furia, e hizo temblar mi cuerpo, incapaz de relajarme.

Para la décima noche, deliraba. La noche y el día no tenían sentido. No miraba la hora, pero deambulada sin rumbo por mi casa. No comía regularmente, sino que tomaba puñados de lo que hubiera en el refrigerador y al alcance de mi mano. El tiempo corría, pero yo no lo sentía. Me sentía congelada, mis acciones como las de un video retrasado. Estaba aquí. Luego allí. No había transición, ni un pasaje, solo lo que había sido y luego lo que era.

Llegó la doceava noche, y yo aún sin dormir. Empecé a mirarme en el espejo del baño, los ojos con bolsas y los hombros caídos. Mi cuerpo se había vuelto un extraño para mí, incapaz de comportarse de la manera en que necesitaba. Me había dado dolores que no podían ser ignorados. Frente a mí, había una rajadura en el espejo. Tracé con la punta de mi dedo entumecido el borde mellado. Una gota de sangre se deslizó por el espejo. Golpeé el espejo y se rompió con el mismo movimiento retardado que se había vuelto endémico de mi condición. Mi imagen se convirtió en miles de pequeños fragmentos.

No había pared detrás del cristal. En cambio, había un paisaje largo y sinuoso. Era gris, tanto el camino como la hierba a su lado. El cielo también era gris, salpicado de nubes de plata y carbón. Me subí a mi lavabo y di un paso sobre la grava con pies sangrantes. Debo haberme movido, porque muy pronto, al mirar atrás, mi baño ya no estaba.

Mientras caminaba, exhausta, adentrándome más y más en el camino, noté otras rarezas. Había plantas, pero se giraban sobre sí mismas. El paisaje a los lados del camino estaba salpicado de árboles retorcidos y arbustos arremolinados. No había animales, al menos ninguno a la vista, solo sus sonidos. Extrañas llamadas de pájaros surgían de la nada. Al igual que el aleteo de las alas o el zumbido de los insectos, aunque no podía verlos. Era como si una banda sonora se reprodujera sobre el entorno. Una huella de las cosas que alguna vez debieron estar allí, pero ya no estaban.

Entonces llegué al jardín de las manos.

Crecían en pares sobre tallos de madera, en muchas formas, edades y colores. Había un cartel en frente:

TOMA UN PAR

DEJA UN PAR

Estaba acompañado por una simpática mesa de madera rematada con un bloque de carnicero a cuadros y una gran cuchilla.

Mis manos nunca habían sido mis amigas. Eran torpes, pequeñas y siempre estaban adoloridas. Había muchos pares atractivos brotando de los tallos, en muchos colores y formas. Había un par que casi se parecía al mío, solo que más musculosas en partes, con dedos más largos y elegantes. No tenían las cicatrices que habían acumulado las mías.

No fue difícil arrancar el par de su tallo, sin necesidad de sacudirlo. Llevé las manos a la mesa y las coloqué allí. La derecha movió el cuchillo y la izquierda me hizo gestos para que pusiera mis manos en la mesa. Con dos tajos limpios, mis verdaderas manos se separaron de mí. Mis antiguas manos caminaron sobre los dedos lejos de la mesa y hacia los tallos, desapareciendo de la vista.

Las nuevas manos tenían dedos jóvenes ansiosos por tocar el mundo a su alrededor. Me llevaron hacia abajo para correr por el delicado césped. Caminamos hacia unos árboles a lo largo del sendero, mis nuevas manos y yo. Acariciaron la corteza áspera, nudosa y fragmentada. Tiraron de las hojas cerosas, deslizando los dedos por las nervaduras.

Escuché un sonido familiar, pero no pude reconocerlo. Era el maullido fuerte y gastado de un gato viejo. Se acercó a mí, su rostro había adquirido una apariencia de dientes torcidos por la falta de dientes. Se detuvo frente a mí y se sentó sobre sus patas traseras. Las manos comenzaron a acariciarlo, y luego finalmente dieron un respingo en mis muñecas cuando el gato se volvió y nos indicó que lo siguiéramos. Las manos tomadas se unieron a los muñones en mis muñecas y aceptamos la invitación del gato.

Nos llevó hasta un naranjo. La mayoría de sus hojas estaban marchitas, y los frutos atrofiados y arrugados. Arranqué unos cuantos de las ramas y picoteé las cáscaras, separándolos en pequeños gajos amargos. Las naranjas eran amargas, pero con cada mordida, comencé a recordar un sueño lejano.

A LA DERIVA EN AGUAS CALMAS

El océano nunca es tan calmo como parece. Aunque las olas sean rítmicas y el cielo esté claro, hay siempre algo acechando debajo. Cuando la superficie está caliente, el sol en su cenit y las tormentas de la tarde preparan su llegada, el océano deja que la luz se filtre hacia abajo. En esas condiciones, las criaturas de abajo pueden ver cerca de lo alto. Raya Roja podía ver hasta el cielo con su buena vista, aunque a veces confundía las enormes nubes con los largos barcos que cruzaban el agua.

En el suelo, su pequeño ojo podía ver el movimiento de otras criaturas. Ninguna era tan grande o poderosa como él. Aunque se comió a muchas de ellas, descubrió que tenía cierto cariño por esas criaturas inferiores. Como el más grande y poderoso de la fauna marina, se sentía obligado a ser su protector. Cuando los grandes barcos arrastraban sus redes, cuando salían a cazar en sus dominios, él atacaba a las criaturas de la superficie hasta que huían o los convertía en alimento. Solían defenderse, pinchándolo como lo hacían las pequeñas criaturas del fondo a las que les molestaba su presencia, pero nadie podía combatir brazos como los suyos, que se enroscaban y movían tan imponentemente como las olas.

Un día en el que la vista era muy clara, Raya Roja vio la sombra de algo moviéndose lentamente por el suelo. Apuntó su ojo grande hacia arriba y vio un pequeño bote que se mantenía en su sitio por las aguas calmas. Los pequeños botes de las criaturas de la superficie no eran algo por lo que molestarse, ya que recogían pequeños peces en la superficie y pronto se iban. Solo cuando esos botes eran seguidos por uno más grande, se alarmaba. Sintió un cambio en el agua. Se olía un aroma como de sangre, y por encima de él, las criaturas con dientes hacían ronda alrededor de la sombra, sus cuerpos lustrosos como algas en la corriente.

Raya Roja no pudo evitar sentir curiosidad y ganas de saber si había un bote más grande en las inmediaciones. Con un solo empujón, se lanzó hacia arriba, hacia donde el agua era más cálida y clara. Se quedó mirando mientras el bote se agitaba un poco, y luego una criatura de la superficie se asomó a la borda. Raya Roja tuvo que detenerse y flotar, ya que nunca había sentido tanta curiosidad como ahora. Había visto muchas criaturas de la superficie. Se movían con miembros como los suyos, aunque de una manera extraña y con una agilidad notablemente menor. Las criaturas de la superficie carecían de la fina gracia que concedía tener diez extremidades. Esta criatura parecía diferente; su extraña apariencia le intrigaba.

Maggie miró a la distancia con los ojos entrecerrados, tratando de protegerse de la implacable luz del sol con su mano bronceada. Supuso que el agua estaba clara, pero el resplandor hacía que fuera muy difícil ver abajo. Sabía que la distancia a la que llegaba ver no era más que agua por todos los lados. Tras dos días a la deriva, Maggie se dio cuenta de que el océano era mucho más vasto de lo que había imaginado. Los mapas y las películas nunca le habían hecho justicia. Y debajo de ella, era mucho más vasto e inquietante. Sentía mucho respeto por los tiburones, y sabía que la herida en su cabeza, que se reabría continuamente y sangraba sobre la borda cuando iba a vomitar, debía ser una tentación para ellos. Entre las horas en las que se moría de hambre y descansaba bajo el lienzo liviano del bote salvavidas, tenía que hacer algo para distraerse del dolor de sus heridas y el aburrimiento constante. Hizo de cuenta que estaba evaluando su vista estando alerta. Se había golpeado gravemente la frente en el accidente de bote, y la herida resultante había inflamado su ojo izquierdo hasta cerrarlo. Afortunadamente, el pequeño espacio en el que se manejaba actualmente no requería de mucha percepción de profundidad.

El sol estaba en lo alto, el viento calmo, y no parecía haber más movimiento que el vaivén constante de las olas. Maggie miró hacia abajo, y con su vista borrosa, podría haber jurado que vio una sombra increíblemente enorme. Algo del tamaño de un buque de carga. Rogó que fuera una ballena grande y amigable que estaba de paso mientras espiaba desde un costado.

Raya Roja trató de entender por qué estaba paralizado debajo de la criatura de la superficie. Era una cosa extraña, de la mitad del tamaño de su pico o de su «mano» más pequeña. Al igual que él, la criatura tenía un ojo grande y otro pequeño. Los largos folículos de sus aletas eran de un color brillante, al igual que los pequeños peces payaso que nadan en los arrecifes. La criatura tenía una mancha roja, casi tan roja como su propia raya roja. Su cuerpo cambió de color para que coincidiera con ella, y no quería golpear a la cosa y llevar su bote a las profundidades. En cambio, quería nadar y girar, y luego dejar que uno de sus brazos envolviera a la criatura de la superficie. Nunca había considerado cómo se sentían las criaturas de la superficie. Desde luego, había arrojado muchas y otras las había comido. Solían tener un sabor asqueroso. Nunca se había tomado el tiempo de examinar una antes de dejar que se lo devoraran las criaturas de los dientes o meterlas en su propio pico. ¿Serían sus escamas como las de las criaturas marinas más pequeñas? ¿Se sentiría como la piel de las criaturas saltarinas, las que brincaban y retozaban en la superficie?

Nadó más cerca.

Maggie se lamentaba muchas cosas. Lamentaba no haberse reconciliado con su amiga Sara antes de la boda de ella. Lamentaba haber estudiado economía en vez de seguir su pasión por la música. Incluso en la soledad de su situación, seguía haciendo melodías de los sonidos marinos que le hubiera encantado tocar en su piano. Sin duda, lo que más se lamentaba era haber reservado la excursión en el hotel. En especial porque se había desviado de su curso en una tormenta de verano y golpeó algo, lo que hizo que se llenara de agua. Que también ocasionó una pelea para llegar a los dos botes salvavidas que habían terminado en lados opuestos por la tormenta. Lamentaba haber tomado el kit de supervivencia equivocado. Uno que tenía botellas de agua que goteaban y estaban secas, lo que significaba que el agua se le había acabado el día anterior, y las barras pro-

EN AUSENCIA

teicas enmohecidas, que comió una por una de todos modos.

Cuando pasó el miedo, la culpa, el pánico y la ira iniciales, Maggie sintió una especie de calma nihilista. No había visto ni otro bote, ni un avión, ni siquiera un pájaro en más de 24 horas. Moriría aquí. Si llovía, probablemente moriría de inanición. Si no llovía, entonces de deshidratación. No ayudaba que no había una nube en el cielo ni aquí ni en la distancia. También existía la posibilidad de que un tiburón gigante como el de la película Tiburón la partiera por la mitad. Y allí estaba, sin un tanque de oxígeno ni un arpón para defenderse.

Lo que no predijo fue que moriría en las garras de la enorme criatura debajo de ella.

La sombra de Raya Roja acechaba. Maggie retrocedió en la balsa. Todavía tenía la esperanza de que lo que estaba debajo de ella fuera una ballena amigable que subía a tomar aire. El agua se hinchó y la balsa dio un empujón hacia atrás mientras la cabeza de un enorme calamar amarillo salía del agua.

La criatura marina era enorme, parecía salida de una película de ciencia ficción, con un enorme ojo amarillo en el que podría haber caminado directamente. Tenía una raya roja en el centro de la frente del tamaño de una vereda. Maggie pasó del pánico a un tipo de shock que oculta una cierta aceptación de lo inevitable. «Ah, así que así voy a morir», pensó. A pesar del permanente terror a este gigante casi mítico, una parte de ella reconoció que era muy hermoso, la bestia de color del sol irguiéndose fuera del agua, el mar apartándose para revelar este vibrante dios dorado de los océanos.

La superficie era seca y brillante, y lastimó el ojo

de Raya Roja. Se obligó a quedarse y mirar a la pequeña criatura con los ojos desiguales. Se protegía con una extremidad levantada hacia él, como las criaturas de caparazón duro del fondo. Esta era la primera vez que se molestaba en mirar a una de cerca. «Qué tipo de escama tan extraña. Qué aletas tan interesantes. ¿Cómo nada aquí, donde el agua es tan ligera?»

Raya Roja levantó tímidamente una extremidad y la acercó para tocarla. La criatura emitió un sonido como el de esos peces deslizantes de ambas aguas. No se parecía a los peces que danzaban y saltaban en la superficie. Esta criatura no lo miraba. Mantuvo su extremidad quieta justo arriba de ella.

Maggie gritó. Fue instintivo e incoherente. El calamar gigante no la aplastó con su descomunal brazo. Lo levantó, y tiró agua del mar en la balsa, pero estaba quieto mientras el océano se movía a su alrededor. Después de haber lanzado su último grito, miró el tentáculo amarillo brillante y las ventosas que pulsaban lentamente. Miró el ojo gigante y parpadeó con calma. Parecía estar esperando. A Maggie se le pasó por su cabeza delirante que esa cosa quería que ella lo tocara. Claramente, si quería matarla o comérsela, ya lo hubiera hecho. En cambio, se acercó como si ella fuera un gato difícil, y simplemente le estaba ofreciendo su mano para que ella lo olfateara. Levantó la mano y la apoyó cautelosamente sobre el tentáculo.

El tentáculo se flexionó debajo de su palma, y ella observó cómo cambiaba en un instante de color amarillo brillante al marrón bronceado para coincidir con su piel.

—¿Hola? —dijo ella.

La pequeña criatura estaba emitiendo sonidos de nuevo. Los ruidos aquí arriba no sonaban igual que en el fondo. Raya Roja pudo sentir la ligera vibración en su extremidad. La pequeña extremidad de la criatura se movió por su brazo suave como la arena al fondo del océano. No le picó, ni trató de pincharle ni lastimarle.

A Raya Roja se le ocurrió que tal vez una criatura así no estaba hecha para cazar o buscar comida. No tenía la gracia de las criaturas de las aguas del fondo. Con movimientos tan lentos y tiesos, era un milagro que pudiera alimentarse siquiera. En el escaso medio de la superficie, nada menos. Algo tan pequeño y lamentable con tan pocas extremidades tenía que ser alimentado. Se zambulló un poco, tomó algunas de las criaturas cerca de la superficie y las colocó en el bote.

Maggie se encontró en una ducha de peces vivos. Se preguntó si esta cosa la estaba convirtiendo a ella y a su balsa en una tabla de embutidos. El calamar la miró. Y estaba hambrienta. No tenía idea de cómo matar o destripar a un pez. Pero eso no importaba: tenía que encontrar una forma si esperaba sobrevivir. Rescató la balsa con el termo de agua abollado que había quedado, el metal pesado en sus manos debilitadas. Luego tomó el pequeño cuchillo de supervivencia y se acercó a un pez resbaladizo. Intentó muchas veces agarrarlo, y cada vez se resbalaba, se escapaba o le asustaba. Finalmente, lo atrapó y lo acuchilló varias veces cuidadosamente para no perforar la balsa hasta que dejó de moverse.

Los otros peces se movieron al otro lado de la balsa, y no pudo ni siquiera mirarlos mientras raspaba torpemente las escamas. Pensó en dejarlo cocinar en el sol, pero no sabía si se pondría rancio. Este estaba a punto de ser el sushi más fresco que hubiera comido jamás. Con la punta del cuchillo, Maggie peló un poco de la carne sangrante del pez recién sacrificado. Algunas de las escamas todavía estaban unidas a su torpe trabajo. No podría decir qué tipo de pez era: al probarlo, sabía a, bueno, a pescado. Era dulce y salado.

Había pasado demasiado tiempo desde que había comido (aparte de esas barras proteicas, rancias y curiosamente peludas). Comió hasta hartarse. Luego tiró los restos por la borda y se arrastró hacia otro. Hizo lo mejor que pudo para arrojar la mayoría de los que aún estaban vivos por la borda, dejándose algunos de los que acababan de morir para más tarde. No tenía sentido dejarse tantos peces en el bote bajo el sol abrasador, pudriéndose y enfermándola. Tampoco quería matar más de lo que debía, aunque fuera para sobrevivir.

Raya Roja miraba a la criatura intensamente. Movía sus extremidades con el movimiento raquítico de los que se alimentan en lo más hondo. Tal vez no era capaz de ser deliberada o grácil donde el agua era tan ligera. Le graznaba y se frotaba la cintura. Ahora tenía más energía, pero no buscaba ser una amenaza. Raya Roja acercó nuevamente una de sus extremidades, y la criatura la acarició. Raya Roja se dio cuenta de que le agradaba esta pequeña cosa.

Se zambulló un momento, sintiendo la emoción en todas sus extremidades. Allí abajo estaba tranquilo, y las aguas estaban todavía cálidas. Se preguntó si a la criatura le gustaría la temperatura. Tal vez sus pequeñas extremidades y aletas se moverían con más naturalidad en las profundidades. Aunque había visto a otros sacudirse como estrellas de mar secas, igual se lo preguntaba.

Cuando su especie iba a aparearse, nadaban y bailaban con su pareja. Los de su especie empujaban y giraban sobre sus extremidades. Se movían en círculos alrededor del otro, haciendo corrientes que barrían el océano completo en su danza. ¿Podía hacer eso la pequeña criatura? ¿Podía hacer una pequeña corriente con sus extremidades para corresponderle? Practicó en las profundidades, alternando los colores entre amarillo brillante y marrón.

La superficie estaba como el fondo del océano cuando volvió. No había zonas calientes, solo el brillante coral gigante en lo alto, tan alto que no podía alcanzarlo con sus miembros. La criatura se reclinó sobre uno de los lados del pequeño bote. Raya Roja pensó entusiasmado que se uniría a él en el agua. No lo hizo. En cambio, vació su tinta por la boca. Raya Roja acercó su tentáculo, y otra vez la pequeña criatura pasó una extremidad repetidamente por él. Era placentero. La pequeña criatura le graznó, esta vez más bajo. Se detenía para mover sus extremidades hacia él y graznaba más. Raya Roja pensó que tal vez era la manera en que la criatura bailaba con él. Se sumergió e hizo bailar sus tentáculos a su alrededor.

Cuando volvió a la superficie, la pequeña criatura le tocó un poco más, luego volvió al bote. Raya Roja se fue a comer y a patrullar sus aguas.

Maggie se estaba muriendo. Lo sabía. No sabía si era por la intoxicación de la comida del bar, todos los peces crudos que había comido o la deshidratación. No podía mantener la comida en el estómago y sus extremidades inferiores le dolían muchísimo. Se pasó la mayor parte de la noche tratando de convencer al calamar gigante de que la llevara a un lugar con gente. Algo de ese tamaño podría arrastrarla hasta que viera tierra. Fue inútil, parecía que quería mostrarle sus tentáculos y ser acariciado. Al final, terminó acariciándolo y contándole sobre su vida. Le habló de sus padres divorciados, su helado favorito, sus series de televisión favoritas... Toda su corta vida expuesta a una bestia que no le podía escuchar.

—Sigo escuchando que Mentes Criminales es muy buena —dijo—. Pero estoy cansada de los policiales. Es gracioso, estaba por ver *Mi maestro el pulpo* antes de venir a mi viaje... ¿Te gustan los pulpos? ¿O hay como una rivalidad entre pulpos y calamares? Eres un calamar, ¿no? Tienes esa cabeza con el sombrero puntiagudo.

Movió las manos alrededor de la cabeza. El calamar se movió alrededor del bote en un ángulo diferente.

—O sea, ¿los pulpos y ustedes son amigos? ¿O es como los Sharks y los Jets de *Amor sin barreras* ¡Ja! ¡Tiburones! ¿Qué opinas de los tiburones? Creo que puedo decir que no me caen muy bien por *obvias* razones. Estoy segura de que vi unos cuantos dando vueltas más abajo, pero no quiero mirar muy de cerca. Me gustaba ver los tiburones en el acuario cuando era niña. Curioso como todo eso es una pesadilla viviente ahora.

Comenzó a reír histéricamente. Raya Roja enroscó una extremidad alrededor del bote, acercándola a su ojo. Como él, notó como el color de ella fue cambiando mientras pasaban los días. Emitía toda una variedad de sonidos a las que le gustaba escuchar mientras sus pequeñas extremidades se deslizaban sobre las suyas.

Maggie de seguro estaba delirando, y podría haber jurado que el calamar gigante le entendía.

—Tal vez nos conocimos en otra vida —dijo—. Tal

vez éramos amigos, o algo. Tal vez yo era un camarón y tú, un coral. Caballeros en la mesa redonda. Tú, Sir Calamar y yo... nunca puedo recordar esas historias. ¿Es por eso que todavía no me comiste? ¿Tal vez me reconoces de antes?

El calamar se veía adormilado y cambió de tentáculos.

Maggie ni siquiera se dio cuenta de que se había quedado inconsciente. La despertó otra pila de pescado fresco. Luego de regresar la mayoría, trató de comer de nuevo, pero descubrió que todo estaba más rígido que antes. Sus dedos, sus brazos. En realidad, no tenía apetito, pero se obligó a dar dos mordidas, luego devolvió el resto al mar.

Acostada en el medio del bote, miró el cielo claro y sin nubes. En su mente comenzó a inventar una historia para ella y el calamar. Si pudiera hablarle, realmente hablarle, las aventuras que hubieran tenido. Podrían haber sido piratas heroicos, ella con un tricuerno, mientras rescataban personas en el océano. ¿O se habían conocido en otra vida? Tal vez él había sido el humano y ella, la criatura marina. O habían sido amigos alguna vez, y él se había ahogado, y ella había pasado el resto de su vida de luto por él. Capaz esta vez era su turno de morir en el océano.

«¿Siempre había sido tan brillante el cielo? —pensó ella—. ¿Era tan amarillo el sol?» Maggie ni siquiera se había dado cuenta de que sus ojos se habían cerrado.

La pequeña criatura no se estaba moviendo. No se había movido por un lugar con sol ni por un coral brillante. Su tentáculo la empujó, aunque parecía que no respondería. Las escamas estaban secas, y Raya Roja recordaba que el calor en la superficie no era bueno para ninguna criatura. Tal vez si llevaba a la criatura a donde estaba más fresco y había más agua, sus escamas ya no estarían secas. Envolvió suavemente un tentáculo alrededor de la delicada cosa y la llevó abajo.

Al principio, parecía que la criatura estaba mejorando. Comenzó a temblar y a convulsionar en su extremidad. Luego se detuvo. No movió sus miembros como antes. No pasó sus pequeñas garras sobre él como le gustaba. Se movió con él y la corriente, no por sí sola.

Raya Roja intentó alimentarla, bailando con ella. Giraron juntos en el agua, pero no como había imaginado. No giró a su alrededor o se enredó en sus extremidades. Se quedó atrapada en las olas. No volvió a emitir sonidos. No frotó sus pequeñas extremidades sobre las suyas.

Cuando la llevó de vuelta a la superficie, no volvió a emitir sonido. Estaba inerte sobre su extremidad, como un alga marina.

Aun así, siguió aferrándose mientras el océano continuaba moviéndose a su alrededor, queriendo reclamar el cuerpo de su pequeña criatura de la superficie para sí mismo.

Otras criaturas intentaron comer a su criatura. Él los alejó o se los devoró. Notó que las delicadas aletas amarillas se estaban saliendo, y que sus escamas se desprendían. Se descamaron. Su extraña criatura estaba muerta, lo sabía, pero no podía dejarla ir. No podía soltarla incluso cuando sus miembros se desprendían en las corrientes marinas. O cuando no quedaba nada más que hueso. Raya Roja la mantuvo todo lo que pudo entre sus extremidades y nadó por el fondo del océano. Los restos de esta pequeña criatura eran diminutos emblemas atrapados en las hendiduras entre sus ventosas. Se quedó atascada, y se negó a soltarla.

Cuando miraba hacia arriba, y a veces veía botes que parecían nubes, se preguntaba si alguna de esas pequeñas criaturas de la superficie sabía lo que se había robado para sí mismo.

FRIJOLES

—Al revolver, machácalos —dijo Tía Orelia, empujando la cuchara de madera contra la olla—. Los espesa.

Blanca estaba encaramada en una silla frente a la cocina, con una mano apoyada en el antebrazo de Tía Orelia para mantener el equilibrio. Se asomó a la gran olla de acero y la observó triturar los frijoles que hervían a fuego lento contra las paredes. Cada aporreo retumbando: clang, clang. La violencia de todo ello no encajaba con la personalidad de Orelia. Tenía la piel suave y morena, del tono de una semilla de aguacate, y el cabello del mismo color castaño oscuro de su juventud, que caía sobre su cara redonda y una barbilla angulosa. La única forma de adivinar su edad era por sus manos, arrugadas y trazadas por años de costurera, y luego quemadas por sus años como mucama. Esas manos eran las que podían trinchar la paleta cruda de un chancho con la facilidad de un carnicero, o dar una palmadita suave a todos los niños de la familia.

Blanca observó esas manos aplastar y revolver la masa negra y gris en la olla. De vez en cuando, un pequeño morrón verde cortado flotaba a la superficie, y

Blanca se imaginaba que era un lagarto bebé que nadaba. A Blanca se le hacía agua la boca y los ojos con el olor a ajo, a aceite y a frijoles terrosos. Los frijoles de Orelia eran los mejores de la familia, y los preparaba en cada celebración o funeral.

—Te enseñaré cómo hacerlos algún día. Te pasaré mi receta secreta, chiquita —decía Orelia.

Por supuesto, Orelia nunca pasó sus recetas a nadie. En cambio, se las llevó a la tumba tres años después, en su cumpleaños número cuarenta y cinco. Murió de un súbito ataque cardíaco en una sala de espera de emergencias. Pensaron que los dolores en su pecho eran indigestión.

—Ya sabes cómo les gusta la comida picante a esos hispanos —le dijo una enfermera a otra en la mesa de entrada.

La noche del funeral, luego de que todos se hubieran despedido y emborrachado, los adultos se sentaron en la cocina con ron, cerveza, pisco y secretos.

Sentada fuera de la cocina, de espaldas a la pared y con un plato de comida, Blanca era invisible. Los niños se habían ido a jugar en el patio trasero de la tía, y aunque sus primos hicieron lo posible para, uno a uno, separarla de la pared, todos habían fracasado. Incluso Leti, su prima más cercana, se rindió cuando les alcanzó el barullo de los juegos de afuera. En cambio, Blanca escuchó las historias de sus tíos. Podía escuchar la respiración entrecortada de su madre cuando intentaba acallar un sollozo cada vez que se mencionaba a Orelia.

—¡Se los digo, es la maldición! ¡Papá murió a los cuarenta y cinco, y todos sus hermanos! —les dijo el Tío Miguel al grupo.

Tía Claudia respondió con su característico chasquido de la lengua:

—Ey, eso es una tontería. Mamá solo nos contaba esa historia para que nos calláramos por la noche. Yo voy a vivir para siempre, no como ustedes, borrachos. —Claudia moriría dentro de cinco años.

—¿Qué maldición? —Blanca escuchó preguntar a su padre.

Tío Miguel tomó un trago de su cerveza y se golpeó los labios.

—La maldición, en nuestra familia. Porque durante una de las revoluciones, nuestros ancestros traicionaron a sus compañeros de lucha a España, y los rebeldes fueron asesinados.

Se escuchó una palmada en el hombro, seguida de la voz de Claudia:

—¡No! Lo cuentas mal. Es una vieja leyenda. ¡Tienes que contarla con fuerza! En Cuba, en la época en que era una colonia de España, allí estaba nuestra familia. Nuestros ancestros vivían en una granja chica a las afueras de lo que hoy es Sagua La Grande.

»La leyenda cuenta que nuestro tatara-tatara-tatara-tatarabuelo, Carlos Francisco, era un mambí que luchaba antes de la revolución. La familia era pobre, y les había faltado comida con toda la actividad. Carlos Francisco se cansó de la lucha. Pensó que de todos modos los españoles les ganarían y, entonces, a cambio de comida y dinero, reveló los nombres y ubicaciones de sus compañeros revolucionarios. Los españoles los arrestaron y los juzgaron por traición, no solo a ellos, sino también a sus familias. Al final, cuarenta y cinco mambises y familiares fueron colgados por traición.

»Pero los españoles querían hacer de ellos un

ejemplo. —Blanca escuchó a su Tía Claudia tomar un largo trago, y luego hacer una pausa dramática—. Ataron sus cuerpos a las ramas de un gran árbol para que todos los vieran y les prendieron fuego. Después de eso, para siempre, nadie en esta familia ha vivido más de cuarenta y cinco años. —Claudia tomó otro trago de su bebida—. Excepto yo, que viviré para siempre.

—¡Y yo! Exclamó Miguel, pero ya no estaría en dos navidades.

Blanca podía escuchar a su madre tintineando sus uñas en su brazalete. Un tic nervioso.

—Tenemos problemas cardíacos. Eso es todo. Es solo una coincidencia, no una maldición.

—¿Una coincidencia por generaciones? —dijo Tío Miguel.

—¡Párale! —Blanca escuchó decir a Tía Elena, la esposa de Miguel—. Estamos aquí para recordar a Orelia. ¡Un brindis! ¡Por todo lo que ha sido, y todo lo que dio!

Blanca escuchó el tintineo de los vasos y decidió tomar un bocado de su plato.

Los frijoles sabían a ceniza.

Años más tarde, Blanca se convirtió en una mujer perfectamente capaz, pero con cada fallecimiento, perdía más y más de ella misma. El año que murió Miguel, un día después de Año Nuevo en un accidente de auto, Blanca olvidó la letra de una rima que él solía cantar a los niños.

Luego del fallecimiento de Claudia, de una alergia al comino que contrajo repentina (y fatalmente), Blanca ya no pudo bailar. Trastabillaba con el sonido de los tambores o las trompetas, y la música le lastimaba los oídos. En las fiestas, solía sentarse afuera con un refresco, tratando de recordar cómo se sentía moverse y sentir el ritmo. Los sonidos apagados se tradujeron en un surtido aleatorio y sin patrón. Sus pies no se movían, no podía hacer que se moviesen.

Su madre murió dos años después de un extraño accidente con un ventilador. Blanca no pudo hablar por días. Lo diagnosticaron como un shock, ya que Blanca había sido la que la había encontrado. Todo el ventilador se había desprendido del alto cielorraso y debió haber girado en el aire, un aspa empalándose en el estómago y la otra atascándose en el costado del cuello.

Blanca había regresado a casa de las actividades extracurriculares, y sabía que su madre a veces dormitaba encima de su cama hecha antes de su turno nocturno. Fue a la habitación para saludarla con un beso y contarle sobre su día.

Su madre no había estado dormitando cuando cayó el ventilador. Sus ojos estaban abiertos, y había una expresión de dolor en su cara. Blanca intentó gritar. Intentó decir algo, pero incluso a la distancia, sabía que no podrían revivirla. Se olía el aroma metálico de la sangre seca. Sangre, y algo más que persistía. Como humo. Un olor que, cuando Blanca lo respiró mientras hiperventilaba, le vino la imagen clara de una soga quemándose.

—Es como si alguien la hubiera golpeado con el ventilador. Mira toda la sangre desparramada... —dijo un técnico de ambulancia a otro, cuando creyeron que Blanca no los escuchaba.

La enterraron en su cumpleaños número cuarenta y cinco. Blanca no podía llorar, y no podía entender el elogio fúnebre ni cómo hablaban sus familiares de ella. Lloraron a su alrededor, pero Blanca no pudo ofrecer ni una lágrima ni aceptar los pésames. Su lengua colgaba inerte en su boca; sus oídos se sentían como si estuvieran rellenos de algodón. Blanca había olvidado su español.

Se propuso seguir viviendo, y seguir viviendo sin muchas emociones. Como había señalado su madre años atrás, su familia tenía antecedentes de problemas cardíacos. Evitó las comidas muy saladas o picantes. Dejó de usar el nombre Blanca y acortó su segundo nombre, Amelia, a Amy. Eligió trabajar en entrada de datos, dinero decente y sin mucha gente que la molestara. Finalmente, se casó con, y divorció de, un hombre insípido. Vivió una vida sin sabor. Se sentía segura.

Los domingos cenaba con su padre, que se rehusaba a servirle su dieta, así que ella llevaba su propia comida. Era la semana anterior al aniversario de la muerte de su madre cuando levantó la vista de su plato y preguntó:

—¿Quieres venir conmigo este año? ¿A visitar la tumba de tu madre?

Blanca tragó un bocado de su sándwich de pavo.

—¿Cuándo vas a ir?

No tenía intención de ir con él. Evitaba la tumba de su madre como si fuera la escena de un crimen que ella había cometido. Mentía al menos una vez al año, diciendo que la había visitado.

—El sábado. A la tarde.

Esta vez, Blanca no tenía excusa.

—No puedo. Almorzaré con Leti en Palm Beach.

—¿Tu prima Leticia? —Casi se atragantó con un maduro—. ¿En serio?

—Sí. —Blanca tendría que haberse imaginado la sorpresa de su padre. Incluso de niñas, Leticia y

Blanca parecían de dos sistemas solares diferentes. Blanca era callada, encogida, olvidable. Leticia, o Leti, como le gustaba que le llamaran, era cálida y atrevida. Leticia era la hija de Claudia, nacida con diez días de diferencia con Blanca. Mientras que Blanca trataba de alejarse de la familia y de la historia familiar, Leti estaba allí, uniendo a la gente.

Leti creía en la maldición, en especial después de haber perdido a su madre en su juventud. Había decidido vivir la vida, sin importar qué tan corta fuera. Vivía alegremente, viajaba, amaba libremente. Y, para disgusto de la mayoría de la familia, le recordaba a la gente la maldición de la que nadie quería hablar.

En especial Blanca. Si no pensaba en la maldición, no podía suceder. Si no era parte del legado de la familia, podía escaparlo. Pero Leti la arrastraba con ella, y se reunían de vez en cuando para ponerse al día. Blanca, no, Amy, había eludido sus llamadas por casi un año antes de darse por vencida.

—Iremos a ese lugar italiano en el centro. ¿En el que hicieron la despedida de soltera de Catalina?

—No recuerdo esas estupideces. Ya lo sabes —respondió su padre.

Blanca soltó una risita ante su malhumor. Luego mantuvo la boca cerrada, gruñendo sus respuestas. Quería contarle a su padre de las pesadillas que había estado teniendo. O contarle de las siluetas que había visto por el rabillo del ojo. Pero no pudo decirlo en voz alta. Él no creía en la maldición. La ignoraba y esperaba que desapareciera después de la muerte de su esposa. Blanca no tenía voz, ninguna forma de expresar lo que sentía que la acechaba cuanto más se acercaba su cumpleaños.

Para su almuerzo, Leticia lució un vestido sencillo

con estampado a cuadros. Su cabello estaba atado en un rodete desprolijo, y no tenía maquillaje, excepto por un labial rojo intenso. Había arreglado su cabello de tal forma que el gris lucía al frente, pero en vez de parecer vieja, se veía madura y atractiva. Se acercó a la mesa de Blanca cuando llegó.

—¡Blanquita! —La estrujó en un abrazo demasiado apretado para su gusto.

—Oh, sabes que prefiero Amy, Leti.

Leti chasqueó los labios:

—Oye, ¿para qué? «Amy», hay miles de esas. Pero Blanca, tu nombre es tu piel.

Era cierto. Lo que la gente solía suponer por su cabello y ojos oscuros era que era alguna especie de europea oriental. Nunca corregía a nadie. Cuanto más lejos de la isla, más lejos de todo. Hasta hace poco.

—Y bien, ¿cómo has estado, Leti? ¿Cómo están todos?

—Bien. Miguel va a empezar su segundo año en la universidad y Eric va a tener una rodilla nueva, así que está bien. ¿Y tú?

—Estoy bien.

Pidieron bebidas.

—Bueno, te traje aquí por una razón. Sabes que se acercan nuestros cumpleaños. Los famosos cuarenta y cinco. —Por un milisegundo, una sombra pasó por el rostro de Leti. En la pared más alejada del restaurante, había un largo espejo horizontal, y cuando Blanca apartó la mirada de Leti hacia el espejo, podría haber jurado que vio a Tía Orelia. La respiración de Leticia trajo de vuelta a Blanca.

—Sí. ¿Y?

—Y, estaba pensando que, si me tengo que ir,

quiero ver donde comenzó todo.

El camarero se acercó con sus bebidas, lo que evitó que Blanca tuviera que responder mientras le hacía cientos de preguntas al camarero. Eso no detuvo a Leti. Tan pronto como se fue el camarero, continuó.

—Quiero ir a Cuba.

—¿Otra vez?

—Fui a La Habana, sí, hace unos años. Pero esta vez, si puedo, iré al área de las afueras de Sagua La Grande, de donde es nuestra familia. Quiero enfrentar el pasado. Y si tengo que morir, quiero que sea donde comenzó. Y Blanca, mi prima, quiero que vengas conmigo.

Blanca se paralizó. No. No. Casi gritó. No le daría más poder a la maldición y se dejaría atraer como un sacrificio de algún mito. Tomando un sorbo lento de su agua, Blanca buscó una salida. La necesidad urgente de ir al baño o de recibir una llamada. Cualquier cosa. Porque la respuesta «no» estaba atascada en su garganta.

Afortunadamente, Leti le ahorró el problema.

—Mira, no tienes que responder ahora mismo, pero quiero que lo pienses.

Blanca no tenía que pensarlo, pero asintió con la cabeza de todos modos. El resto del almuerzo siguió tan tranquilo como había imaginado. Leti fue la que más habló, contándole a Blanca las nuevas de su familia y su vida personal. Blanca escuchó un momento, pero luego se rindió, pensando en la propuesta una y otra vez. Las advertencias de su tío sobre la maldición y la historia familiar de su tía se repetían en su mente.

Mientras se despedían, a un empleado del restaurante se le cayó una olla grande de acero. El sonido se parecía al de la Tía Orelia machacando frijoles.

Blanca dio un grito ahogado; en el reflejo de la enorme ventana, podría haber jurado que vio nuevamente a Orelia, mirándola fijamente.

Debió haber sido una ilusión óptica.

Pasó un mes y Blanca no podía dormir. Siempre evitaba tener un ventilador en su habitación, pero el ventilador de techo de su sala de estar comenzó a girar cada vez más fuerte. Lo mandó a quitar. Pero aún tenía pesadillas en las que veía el cuerpo de su madre. En medio de la noche, se despertaba sudando, un grito atrapado en la garganta. Cuando se despertaba así, aterrada, los ojos vidriosos de su madre aún claros en su memoria, olía humo.

En el trabajo, flotaba más que nada por la rutina, demasiado cansada para prestar atención.

—Amy, ¿me puedes conseguir este informe?

—Amy, ¿ya terminaste esas tablas?

—¿Amy? ¿Amy? Hola, ¿estás ahí?

Era como si sus compañeros de trabajo le hablaran a una pared. Cuando su desempeño ya no fue aceptable, le dieron licencia administrativa, mientras buscaban a alguien más para que ocupara su puesto.

Aun así, Blanca se presentó al trabajo al día siguiente, y solo volvió en sí cuando alguien de seguridad la arrastraba a su auto.

Ahora tenía todo un mes para ella sola, sin distracciones. Las cosas se pusieron muchísimo peor. Se dedicó a limpiar su departamento. Cuando le tocó organizar las alhajas, la mayoría heredadas de su madre, no pudo tocarlas. Su herencia le quemaba físicamente las manos. Intentó tomar las piezas de plata y oro con guantes de goma, pero los guantes se derritieron en las impresiones de los dijes de los collares.

La televisión estaba siempre encendida a todo volumen, porque cada vez que había una pausa, o un momento de silencio, Blanca podía jurar que escuchaba a un hombre cantando en español en otra habitación. No conocía las palabras, pero la cadencia y la voz le resultaban familiares.

En el baño y en su habitación, cubría los espejos. Con cada cambio de la luz, podía jurar ver a Tía Claudia por el rabillo del ojo.

Y también estaba el olor.

Para cubrirlo, limpió y roció la casa con lavandina, luego agregó capa tras capa de incienso, velas y difusores de aromas. Esto atrajo insectos, mosquitos y polillas, que se multiplicaban en el aire. Pero si no lo hacía, sus fosas nasales se llenaban de olor a humo y sangre.

En medio de su mes de aislamiento, recibió una llamada de Leti.

—Me voy en unos días. ¿Segura que no quieres ir? ¿Podemos pasar nuestros cuarenta y cinco con nuestros antepasados, Blanca?

Era probablemente un síntoma del insomnio, del agotamiento, pero el departamento de Blanca se había convertido en un infierno. Un «bueno» se le escapó de los labios antes de que se diera cuenta.

Unos días más tarde, mientras bajaba de un avión escoltada por el hijo de Leticia, Miguel, Blanca se preguntó cómo había logrado llegar a Cuba. Los olores, los sonidos, las ilusiones ópticas habían disminuido lo suficiente como para permitirle empacar y organizarse. Aun así, se había sentido en una niebla todo el tiempo, su vista borrosa y su mente lejos de su practicidad típica.

Afuera del Aeropuerto Internacional José Martí, Leti respiró hondo.

—Imagínate, Blanca. Aquí crecieron nuestros padres. Nuestros ancestros.

Blanca no podía oler nada, ni el olor acalorado del pavimento ni el escape de los autos viejos. Tampoco podía oír cuando la gente hablaba. Sabía que estaban hablando porque movían la boca. Solo cuando Leti traducía, o cuando la reconocían como otra estadounidense y hablaban en inglés, podía saber qué estaban diciendo.

Leti no podía simplemente ir a Sagua La Grande y quedarse tranquila. No, tenía planeada toda una visita turística completa. Su abuelo se había mudado a La Habana cuando era joven, y sus padres se habían criado allí. Leti había llevado fotos y notas antiguas, emocionada de mostrarle a su hijo, a su esposo y a su prima la historia familiar. En cada sitio, Leti levantaba la foto para tratar de hacer coincidir exactamente la ubicación. Visitaron la que había sido la iglesia en la que se habían casado sus abuelos. Las oficinas en las que su abuelo había trabajado. Fueron a una calle donde su Tía Orelia había posado en sus Quince.

Blanca no podía ver los recuerdos. A ella le parecía que se movían. El primero, de su abuelo, levantaba la barbilla hacia ella en señal de desaprobación. Tía Orelia le fruncía el ceño, y no pudo aguantar más. Blanca deambulaba en silencio, aturdida y con los ojos desorbitados.

Las cosas no mejoraron cuando llegaron a Sagua La Grande. El silencio que Blanca escuchó era definitivamente ensordecedor, pero los susurros comenzaron a medida que se acercaban a su casa ancestral. No podía entender lo que se decía en español, pero reconoció el tono bajo de la voz de su madre, y le dio ganas de llorar.

En el viaje en autobús al pequeño lugar que Leti había conseguido para su estadía, Blanca giró hacia su prima para ver si estaba tan afectada como ella. Leti tenía una sonrisa satisfecha y una mirada maravillada.

—¿Por qué te ves tan feliz?

—Porque *estoy* feliz. Mira, podemos estar en el mismo lugar donde estuvo nuestra familia. Podemos caminar por los lugares por los que ellos caminaron. Se siente como si las personas que perdimos estuvieran cerca, como si estuvieran vivas de vuelta.

Blanca tragó. Ella podía sentirlo, sí, pero era doloroso.

—¿Qué piensas hacer cuando lleguemos allí? Cuando nos acerquemos a todo ello y... y... —La palabra «maldición» era como un vidrio roto en su lengua.

—Quiero disculparme. Al menos antes de morir, quiero pedir perdón por lo que hizo nuestro bisabuelo.

—¿De qué tienes que arrepentirte?

En ese momento, Leti hizo algo que nunca, nunca le había hecho a Blanca. Se volvió hacia ella y la miró como si estuviera loca. Como si fuera ridícula e ilógica. Leti a menudo se burlaba de ella o se había preocupado por ella, pero nunca se había mostrado sorprendida ni desdeñosa. Blanca tragó lo que le quedaba de esa sensación de vidrio.

Se alojaban en una pequeña casa turística a las afueras de la ciudad que bordeaba lo que quedaba del bosque. La comida era terrible, pesada y almidonada. Blanca culpó a la comida por su malestar estomacal y su insomnio. Ya era tarde, y estaba acostada en la cama tratando de analizar su conversación con Leti, cuando lo escuchó. El tintín de una cuchara que golpeaba una olla. Luego sintió el olor, frijoles negros que la transportaron de vuelta a su infancia.

Atraída por el sonido y el aroma, caminó descalza en medio de la noche. Tal vez los cuidadores estaban celebrando una comida nocturna al aire libre, o algunos lugareños festejaban o escondían provisiones de comida. Blanca estaba motivada por el hambre, por el recuerdo del sabor, mientras se adentraba cada vez más entre los árboles. Demasiado hipnotizada para notar las mariposas, las polillas y las ramitas que pisaba y que hacían pequeños cortes en sus pies blancos.

Se escuchaban susurros, susurros en un idioma que casi podía recordar. Y una canción.

Cuando la Luna sale
En la noche tan oscura
Las mariposas vuelan
Y siguen a los perdidos

—¿Tío? —dijo Blanca, las palabras como un músculo sin usar.

En un claro, frente a un enorme árbol, estaba su familia. Su madre estaba sentada en una rama baja, de espaldas a ella. Allí estaba Tía Claudia, apoyada en el tronco. Tío Miguel, encorvado a su lado, y Tía Orelia, justo en frente de ella. Había más personas, gente que solo conocía por fotografías.

Su abuelo, sus cinco hermanos. Su bisabuela. Más aún que nunca había visto en tal evidencia, pero los conocía, como un recuerdo heredado, los conocía a todos. Incluso su tatara-tatara-tatara-tatarabuelo, Carlos Francisco, origen de la maldición. Le sorprendió la cantidad de rasgos que había heredado de él, incluso después de tantas generaciones. Blanca tenía sus ojos cristalinos y estrechados, y la boca grande. Él la miró fijamente. Pero la que habló fue Tía Orelia.

—Mi chiquita, siento que sea así.

—¿Cómo? ¿Qué? —Blanca quería moverse, hacia adelante o hacia atrás, no estaba segura, pero sus pies estaban enraizados en el lugar. Las raíces del árbol se habían arrastrado mientras ella estaba estupefacta y ahora la mantenían fija en el lugar.

—Eres la primera —continuó Tía Orelia—. La primera que vuelve a nosotros. Si te entregas voluntariamente, si haces un sacrificio, la maldición puede terminar.

—No... ¡No! No iré. ¡Esto no es mi culpa! —gritó, intentando liberarse de las raíces, pero se habían subido a sus tobillos, y ahora se incrustaban en su carne. Su cuerpo estaba en shock y no podía sentir cómo sus movimientos desgarraban su piel en la corteza.

Su madre finalmente se volvió hacia ella, y para su horror, todavía podía ver las heridas que aún rezumaban de las aspas del ventilador.

—Mija. Siempre pagamos por los pecados del pasado.

Blanca intentó liberarse, desgarrándose la carne, pero antes de que pudiera respirar de nuevo, las raíces estaban en su cintura. Su familia se acercó, sus bocas desencajándose para soltar kilómetros y kilómetros de sogas para atarla. Muy pronto, pudo sentir las llamas en su piel. Cuando intentó gritar, una soga la amordazó, metiéndose a su garganta. Se prendió fuego.

Leti se despertó en Cuba, once días antes de su cumpleaños, con un olor a humo.

UN VIENTO FUERTE Y SOLITARIO

En el mundo hay muchos secretos. Hay secretos que los Dioses conocen, como el hecho de que las estrellas son controladas por una salamandra intratable en su madriguera. Hay secretos que algunas personas conocen, como que si sigues a un pájaro amarillo por la noche, es posible que encuentres oro.

Y por último, hay secretos que solo el viento conoce. Pero el viento no se guarda esos secretos. No, el viento cuenta sus secretos a los muertos.

Una media luna brillaba en la noche en el que un fuerte viento solitario movió la hierba alta y fina y serpenteó entre los árboles ralos en su camino hacia Dolores. Dolores había pasado la mayor parte de la noche como lo hacía todas las noches. Se sentó en la colina a los pies de su aldea, sobre sus restos disecados. Se había deteriorado tanto que su mejilla y su brazo eran solamente hueso. Para ella, su espíritu que rondaba sobre su tumba accidental se sentía como carne, aunque no pudiera sentir nada más.

Los muertos no siempre recuerdan el pasado. Pueden quedarse rondando si no reciben los ritos funerarios envueltos en una tela suave que los mantenga abrigados bajo la tierra. No hay paz ni descanso para estos muertos que yacen en el frío. Dolores había quedado a merced de los elementos con su vestido liviano en una tumba poco profunda. Sobre ella, iluminada por la media luna, estaba su aldea con sus cultivos en terraza y sus casas estrechas. Lo único que recordaba era que era su aldea, hasta que llegó el viento.

Le hizo cosquillas en el cabello. El viento podía ser juguetón y travieso. Vivía para sus chismes y para causar problemas. El viento pasó a su lado y se arremolinó a su alrededor hasta que le susurró en el oído.

—Sé quién te mató —dijo—. *Y te lo contaré si me das un nuevo secreto.*

—¿Y de qué me serviría saberlo? No puedo hacer nada al respecto.

—*Sí, puedes hacerlo. La luna está y no está. Puedes ser como la luna si se lo pides. Si te doy mi secreto, tú debes darme otro.*

Dolores pasó sus dedos por la brisa y dejó que le hiciera cosquillas en el recuerdo de los pequeños vellos en sus nudillos. ¿Qué consecuencias tendría estar en deuda con el viento? Ya estaba muerta.

—Bien. Dime —respondió.

El viento le susurró al oído.

Cada paso que daba hacia la aldea la acercaba al suelo. Sus pasos eran una plegaria, una promesa, un mandato a la luna para que le diera peso. Cuanto más se acercaba a la aldea, más pesados se volvían sus miembros; su cuerpo, más sólido. Para cuando llegó, era capaz de alterar la tierra con sus pies y empujar la larga hierba con su cuerpo. Cuando cruzó a la aldea, podía mover las puertas. Dolores era todavía una sombra, invisible, pero capaz de empujar y mover cosas tal como lo hacía el curioso viento.

Había gente reunida bebiendo frente a sus casas, iluminadas por las fogatas comunitarias. Se dio cuenta de que era un día de fiesta. Qué festividad, no podría decirlo, porque el tiempo había transcurrido de forma diferente para ella y para el resto del mundo. El humo de las fogatas se entremezclaba con su entrada difusa, hasta que apareció casi como una mujer viva.

Al mirar a su alrededor, no vio rostros familiares. Eran todos extraños esa noche, pero recordaba los lugares. Había un pequeño jardín en el que ella y sus amigas recogían vegetales. Había una pequeña pared en la cual se había caído y lastimado la rodilla. Estaba la casa de una anciana que solía hacer dulces para los niños de la aldea. Dolores recordaba las arrugas marcadas de sus manos mientras daba forma al azúcar derretido, los dedos curtidos por el calor de años de práctica. Sus huesos eran polvo en el cementerio común.

Al final, más allá de los cultivos escalonados, más allá de la gente que celebraba consejo junto a sus fogatas tomando buena cerveza, y más allá de esos pequeños lugares en los que rezaban o donde los niños se pasaban pelotas unos a otros, estaba la casa más grande de la aldea.

La casa era desbordante, las paredes construidas según fuera necesario para acomodar a la familia en crecimiento. Había un gran grupo de corrales cerca con un ganado robusto que era vigilado por un gaucho adormilado en la noche fría, en caso de que alguna quisiera escapar.

Los pies de Dolores la llevaron a la casa en contra su voluntad. La entrada era un cuadrado dorado brillante, mientras la gente hacía vigilia dentro y fuera de la casa. Se deslizó a través de todos sin ser notada, siguiendo los lamentos que procedían de la multitud.

En una cama de madera adornada en el centro de la habitación estaba un anciano marchito al borde de la muerte. Su memoria llegó a terrones, como la tierra que cae de un techo de paja. Su nariz, su barbilla, sus ojos, aunque con arrugas, los reconocería en cualquier parte. Allí estaba el hijo de su cuñado. Lo había visto vivo cuando era solo un niño que tenía por costumbre meterse piedras en la boca. Su cara había envejecido décadas, lejos de la redondez de la niñez en rasgos más acentuados, y ahora suavizados en una masa arrugada.

El viento no solo le había contado de los creadores de su condición actual, sino también de las inmediaciones en donde estaban enterrados sus hijos y su marido, sus fantasmas deambulando la tierra de vez en cuando, los cuerpos dispersos bajo las rocas o en las orillas de los ríos. Habían sido esparcidos deliberadamente, y sus muertes excusadas por bandidos o brujería.

Ninguno de los dos era cierto. Y cuando Dolores vio al moribundo, su respiración rala y débil, solo pudo ver el rostro de su padre.

Habían llegado en medio de la noche cuando no había luna ni espíritus. Sus rostros estaban iluminados por antorchas, pero la habían amordazado y no podía gritar. La habían amarrado con una soga que todavía le unía los huesos. Vio cómo acarreaban a su hijo atado y amordazado mientras su pequeño cuerpo luchaba por librarse de las ataduras. A su esposo y a sus hijas no los encontró en ninguna parte.

Se sintió aturdida. Había sentido un dolor en la parte superior de su cabeza, y podía sentir la sangre pulsando en donde había comenzado a formarse la herida. La levantaron, la colocaron en la espalda de un animal, no podía recordar de qué tipo, solo el olor a pelaje mojado mientras la sacaban de la aldea.

Fue un pequeño consuelo, pero no recordaba cómo había muerto debajo de ese árbol aquella noche. Solo la oscuridad de un cielo sin luna marcaba sus nuevos recuerdos del hecho. Pero veía la imagen del rostro de su cuñado, frío a la luz de la antorcha.

Dolores lo vio todo, y luego vio cómo había heredado su ganado y la gran casa. La historia de la casa se desplegaba frente a ella mientras yacía, pudriéndose en la escasa tierra. Bodas, nacimientos, banquetes, celebraciones y funerales. Todo lo que se le había sido negado a ella y a su familia, ¿por qué? ¿Avaricia? ¿Ira? ¿Celos?

Su cuñado era una mancha oscura que flotaba a través de los recuerdos. Era una figura en sombras junto a sus co-conspiradores, flotando dentro y fuera de las escenas frente a ella. Había estado décadas atrás en el lecho de muerte, mucho antes de que su propio hijo yaciera en el mismo lugar. El hijo cuyos ojos también comenzaban a vidriarse.

No habría verdadera venganza ni justicia. Nunca lo había en casos como este. Las personas que la masacraron a ella y su familia habían seguido viviendo vidas generosas. Habían tenido días llenos de lo mundano y lo maravilloso. Las pequeñas victorias y tragedias que conforman los recuerdos de cualquier vida larga.

Cuando estás muerta, las estaciones permanecen iguales. El mundo puede verse diferente, pero no hay un cuerpo que sienta el cambio en temperatura. Sin un rostro, no hay forma de sentir el sol en él.

Le habían negado incluso los placeres y agonías más simples. En la noche de media luna, estaba lo más cerca de la vida que estaría nunca. Incluso en ese momento no podía saborear el aroma de la comida cocinándose en la aldea ni escuchar la música por encima de un susurro.

Nunca harían las paces, los vivos y los muertos. Dolores se alejó de la puerta principal otra vez y caminó por las tierras en terraza. Una cabra se atragantó con algo, balando en sintonía con el murmullo constante de la conversación de afuera.

La tierra había cambiado sutilmente. Había pequeñas colecciones de arbustos en áreas nuevas, otros habían sido cortados. Algunos de los pocos campos de cultivo habían quedado estériles. Se habían colocado otros en su lugar. Dolores podía ver el fantasma de lo que había sido. Podía ver a su esposo arando y a los gauchos acorralando al ganado. Sus hijos separaban las semillas mientras el mayor tiraba de una de las cabras de trabajo. Ella misma sentada en el suelo con el telar y el más pequeño en la cadera. Casi podía sentir la lana en sus dedos mientras tejía los complejos paneles geométricos.

En las noches, todos se sentaban alrededor del fuego. Uno de sus peones rasguearía una guitarra mientras todos bebían, cantaban, bromeaban y contaban historias.

Esos fuegos se habían apagado hace mucho, cenizas en las cenizas del tiempo.

Más que cualquier otra cosa, quería verlos de nuevo. Tal vez podía conjurar sus espíritus si sabía dónde yacían. Regresó a la sofocante casa, ahogándose con el aliento de los reunidos y el humo de las velas. La noche era joven, la luna seguía en el cielo y sus pies eran más sólidos que antes mientras caminaba al lado de una persona.

No le importó pasar a través del hombre más cercano, su cuerpo casi invisible lo había rozado. Lo único que quería era conocer los lugares en los que su familia no podía descansar.

Su deseo debió haber sido más fuerte de lo que había imaginado. El hombre que tocó se dio la vuelta y salió.

Dolores no lo notó, ni tampoco notó a ninguna de las otras personas que rozó mientras se abría paso en su antigua casa abarrotada. Pensó que quizás verlo morir le daría algún tipo de perverso consuelo. El lugar comenzó a vaciarse mientras los que ella tocaba salían a la noche. Otras personas pasaron a través de ella; rozaban su cuerpo fantasmagórico, aún insensible, y luego se alejaban abruptamente.

Las luces brillaban más a medida que la gente se iba y sus cuerpos dejaban de tapar las velas. Se arrodilló a su lado. Su respiración era apenas un susurro errático. Con irritación observó que se veía en paz, satisfecho con la vida que había logrado llevar. Lo único que tenía que hacer era esperar y preguntarle si sabía qué había pasado con su familia. Se preguntó si su fantasma aparecería inmediatamente después de su muerte.

El aire estaba calmo, no podía preguntarle al viento. Pero Dolores sabía algo en el fondo de su alma: que, si lo enterraban adecuadamente, no tendría oportunidad de averiguarlo. Alcanzaría la paz que ella no había conseguido.

Las velas se apaciguaron. Los dolientes se acercaban a despedirse, pero accidentalmente tocaban a Dolores mientras lo hacían. Luego se daban la vuelta como en trance y salían por la puerta. Dolores estaba tan enfocada en su deseo de saber dónde estaba su familia que no notó sus desapariciones. En cambio, se regodeó en su rencor, maldiciendo la respiración que dejaba a su sobrino, deseando que cesara.

Cuando la luz del fuego ya casi se había apagado, Dolores miró a su alrededor y se encontró con la casa vacía. Su sobrino todavía se aferraba a la vida, pero no había nadie para despedirlo. En lo que tal vez era un pequeño acto de petulancia, desenvolvió la manta que lo rodeaba, dejándolo a merced del aire nocturno. Ella salió afuera.

No había una guía que indicara cómo caminar entre los vivos. El viento la había dejado sola, diciéndole que estaba un poco allí, un poco no. El aire caprichoso no le había dicho cómo su contacto con los vivos podía afectarlos. Aunque no se sentía particularmente arrepentida mientras miraba la escena que se desarrollaba.

Todos los que habían asistido a la vigilia estaban desparramados por los campos, y cada uno estaba cavando. No tenían herramientas, lo hacían con sus manos. Tanto jóvenes como viejos trabajaban a la luz de la luna a un ritmo frenético. Cavaban grandes fosas alrededor de ellos mismos. Incluso la nariz parcialmente muerta de Dolores podía sentir el fuerte aroma a sudor en el aire seco. Cavaban desesperadamente, buscando algo.

Dolores sabía lo que buscaban. Algunos habían encontrado huesos y los sacaban del suelo, colocándolos junto a sus fosas con sumo cuidado. Caminando a su alrededor, con cuidado de no perturbar su trabajo, Dolores podía escuchar las respiraciones pesadas y ver sus uñas rotas. Disfrutaba verlos arañar decididamente la tierra.

Tal vez si los tocaba nuevamente, podía liberarlos de la excavación. No quería hacerlo. Era su oportunidad de encontrar a su familia perdida. Incluso si surgiera todas las noches de media luna, le tomaría siglos cavar a este ritmo. Y qué perfecta venganza para una aldea que no había hecho nada por su muerte.

Caminó de regreso a la aldea y fue de puerta en puerta, tocando las manos de los residentes con un solo objetivo en mente. Uno a uno se levantaron de sus camas en la noche oscura y se dirigieron a buscar sus propias parcelas. Sus movimientos frenéticos crearon un patrón caótico de fosas en lo que alguna vez fue su aldea.

Había pasado un poco más de medianoche cuando se derrumbó el primer excavador. Aun así, sus manos arañaron y rastrillaron la tierra a su lado. Los ancianos y los más débiles comenzaron a derrumbarse primero, arrastrados por su agotamiento, pero incapaces de liberarse de su misión. Algunos vomitaron y se ahogaron en su vómito. Sus sonidos atragantados se convirtieron en la macabra música que acompañaba a la constante excavación. Algunos comenzaron a morir en sus propias fosas.

Dolores sintió en su hombro un roce de frío. El espíritu de su sobrino, mitad allí y mitad no, se unió a ella para inspeccionar la destrucción de sus tierras que habían sido heredadas de forma dudosa.

—¿Qué está pasando? —preguntó él.
—Están buscando a mi familia —dijo Dolores.
—Oh.

Escucharon una tos jadeante a un costado cuando alguien más se derrumbó. Su sobrino estaba callado, pensativo. Sus cejas se juntaron en la frente tratando de entender lo que estaba pasando. Miró a Dolores.

—Me pareces familiar. ¿Te conozco?

—Me conociste. Hace tiempo. Cuando eras muy pequeño.

—Ah —dijo él, afirmando con la cabeza—. Todo se siente... lejano. ¿Sabes mi nombre?

—Héctor. Tu nombre era Héctor. Como tu padre. —Ella escupió en el suelo.

—Héctor. Héctor —probó los sonidos de su nombre—. ¿Cómo fue mi vida? ¿Lo sabes? ¿Cómo era yo?

Dolores comprendió cómo una muerte reciente podía ser confusa para el recién fallecido. Su memoria solo aparecería a borbotones. Ella misma había recordado poco hasta esa noche.

—No sé cómo fue tu vida. Morí cuando aún eras un niño.

—Oh —dijo. Héctor no sabía qué hacer con sus brazos. Envolvió su cintura con ellos, luego los recostó en su cabeza—. ¿Me van a enterrar pronto?

—No —le dijo ella.

Dolores lo dejó con su perplejidad y caminó alrededor de las fosas. Uno había encontrado un pequeño cráneo y un cuerpo envuelto en una manta ceremonial. La persona siguió cavando a su lado mientras ella levantaba el cráneo increíblemente delicado y pasaba los pulgares sobre los pómulos resquebrajados. Pequeñas fisuras irradiaban en la superficie del hueso, y Dolores no podía discernir si se habían hecho antes o después de la muerte. Faltaba una sección en la parte superior del cráneo, pero alguien, quién sabe cuál de sus atacantes, se había tomado el trabajo de darle sepultura a esta niña.

Su hija más pequeña podía descansar. Dolores se sintió aliviada y molesta por esto. No quería que su hija caminara su existencia como lo hizo ella. Pero también quería verla de nuevo, aunque fueran espíritus condenados a deambular por la eternidad, incapaces de sentir las estaciones y el sol.

Colocó los huesos en su regazo y se sentó mientras la gente cavaba sus tumbas abiertas. Estaban muriendo, uno por uno. Sin mantas ni una sepultura adecuada, sus espíritus se levantaron. Estos nuevos muertos observaron confusamente mientras sus amigos y familiares, a quienes no podían recordar por completo, continuaban enterrándose hasta el cansancio.

Justo antes del amanecer, una brisa sopló y tiró de Dolores.

—*La luna se va, es hora de irse.*

Ella asintió y recogió los huesos de su hija. Dejó a los aldeanos como estaban, falleciendo en la noche que se desvanecía.

Al avanzar hacia su propio árbol, cada paso se volvía más ligero. Lo que había sido parcialmente sólido se disolvía nuevamente, comenzando por sus pies y dirigiéndose hacia arriba. Llegó a su árbol y acomodó los huesos de su hija junto a los suyos para que pudieran descansar una al lado de la otra. Lo hizo en el momento en que la solidez de sus brazos se derrumbaba.

—*Me debes un secreto* —dijo el viento.

Salía un sol débil y amargo, y Dolores no sabía qué decir. ¿Cuál podría ser un secreto suficientemente bueno para el viento?

Mientras los rayos de la luz naciente formaban

largos dedos con las sombras de los árboles, Dolores le dijo lo único que sabía.

El viento se arremolinó a su alrededor, aparentemente satisfecho, y dejó su espíritu solo. Al menos ahora Dolores podía acariciar la cabeza de uno de sus hijos con sus dedos fantasmales.

Hay una aldea en la que los habitantes yacen podridos en tumbas sin enterrar. En las noches de media luna, sus espíritus caminan unos entre otros, y tratan de recordar sus vidas, recolectando los trozos como hermosas piedras que adornan del camino. Al viento le gusta ayudar. Recolecta los secretos y los reparte a intervalos. Porque todos los buenos secretos necesitan que ser contados. Aunque solo los muertos los escuchen.

ASESINATO EN LA LLANURA

Henry Coalridge no tenía lo que la mayoría consideraría la disposición ni el carácter de lo que uno llamaría un «buen hombre». Estaba bien para la mayoría de los estándares. Unas pocas mentiras, unas pocas apuestas, muchos insultos, algo de toqueteo y, en ocasiones, según fuera necesario, algunos robos. A fin de cuentas, para un hombre de su época, no era lo suficientemente malo como para ser particularmente despectivo. En especial, teniendo en cuenta la historia de mala suerte en la que se había metido el pobre Henry, perdiendo demasiados años de su juventud en la Fiebre del oro de California, y luego fracasando en su nueva carrera como peón de rancho. Ahora su objetivo era mantenerse alejado de los tambores de guerra adentrándose en territorio ingobernable.

Así es como se encontró caminando en medio de la nada, Nebraska. Había pasado campos recién cosechados y desiertos y algunos afloramientos, pero poco más. Al no estar familiarizado con su paradero, no sabía que había un pequeño pueblo sin nombre a unos kilómetros de distancia. Siguió caminando, pensando si sería mejor encontrar un buen lugar donde acampar, cuando lo vio. Una pequeña estructura amigable con un corral afuera y un huerto. La pequeña chimenea de la casa largaba suficiente humo, por lo que Henry esperaba que alguien estuviera disponible y cocinando, y que tal vez pudiera negociar su trabajo por una comida caliente y un buen lugar donde dormir.

La viuda Ruth Hollow no era de las que sufrían mucha compañía. Descubrió que la mayoría de la gente solía irritarla, y era de pasar tiempo sola, descubriendo que lo que más le entretenía era su propia compañía. Algo a lo que se había acostumbrado, en especial desde la repentina y trágica desaparición de su esposo. La tranquilidad de vivir en su rancho lejos de la ciudad era algo bueno para ella. Se levantaba temprano para hacer lo que tenía que hacer y se acostaba a dormir como un bebé. De vez en cuando, miraba la vieja silla de su esposo y se despertaba en ella un sentimiento parecido a la soledad, pero esa sensación se trasladaba a un recuerdo, y poco después, ese sentimiento de soledad se disipaba como el humo.

El difunto Charles Hollow era un hombre que había disfrutado su tabaco, aunque nunca permitiría que una dama participara de tal vicio, en especial una con la que estaba casado. No había ningún problema si antes de casarse Ruth tuviera su propia tradición tabacalera. Pero cuando se legalizaron ante los ojos de Dios y del estado, Charles, un hombre preocupado por la moralidad de su mujer, lo prohibió. Él solía fumar una vieja pipa, curtida en uso y apariencia, por las noches. Si planeaba persuadir a su esposa para que cumpliera con sus deberes en el dormitorio, se tomaba medio vaso de whisky en lugar de su vaso lleno habitual. Charles había aprendido por las malas en su juventud mujeriega que el exceso de whisky tenía un efecto adverso en su virilidad. Ruth odiaba las noches en que él le pedía el equivalente a un dedo de la bebida, porque significaba una noche en la que él se revolcaba como un cerdo asqueroso sobre ella.

No pensaba mucho en esas épocas, no desde que él estaba muerto y bien enterrado. A veces olía su tabaco distintivo, lo que le provocaba antojos de fumar. En las noches tranquilas, se sentaba en su silla, sacaba su vieja y gastada pipa, y la encendía. Pensaba en el clima, en el movimiento de los coyotes y de los leones de montaña. Pensaba en su juventud desenfrenada. De vez en cuando, pensaba en él y en las pocas veces en que le había hecho reír. Nada más.

Era un atardecer tranquilo, Ruth se estaba preparando para fumar cuando llamaron a la puerta. Como ya se mencionó, La Viuda no era una mujer de muchas interacciones, dada a entretener ni a brindar afable hospitalidad. Todas las visitas que recibía eran a plena luz del día y se relacionaban a asuntos como correspondencia o negocios. Esta era sin duda una visita no deseada. Si se trataba de bandidos o alguna otra tontería, estaban a punto de llevarse una sorpresa, porque La Viuda Ruth no era ajena a una pistola o a un rifle, y mantenía la vista aguda, la puntería fina y su cañón cargado. Sacó la escopeta de su lugar en la mesa de la cocina, revisó el cañón y apuntó a la puerta. La abrió, revelando a un hombre que ahora se enfrentaba al extremo de una larga escopeta.

—¡No dispares! —gritó él, levantando rápidamente las manos.

Henry no sabía qué esperar cuando se abrió la puerta, los nudillos doloridos por golpear la madera aserrada. Para una casa de ese tamaño, esperaba tal vez una pareja joven en un asentamiento a la que pudiera encantar con sus historias de California. O tal vez una familia completa que pudiera necesitar a alguien con cierto rigor para ayudar en la casa. O, si la suerte alguna vez se dignaba a estar de su lado, una joven amable y asustada en busca de protección de las bestias salvajes. Tal vez buscando a un hombre con un poco más de experiencia en el mundo para ser su protector aquí en las llanuras.

Tal vez protegerla a ella y a su hermana bien dotada en las frías noches de Nebraska.

Lo que Henry no predijo fue una vieja de aspecto francamente malvado con una escopeta firme en la mano lista para volarle la cabeza. Tenía el cabello suelto en un enredo de mechones grasientos y vestía un largo camisón y pantalones. Se veía brusca y olía a trabajo, ciertamente no era una mujer del tipo que Henry querría demasiado. Pero él aún tenía sus encantos, y por encima del fuerte aroma, podía oler los restos de una comida y el calor de un hogar. Se las arreglaría con lo que tenía, y definitivamente había trabajado con menos cuando fue necesario en el pasado. A menos que, con suerte, un hombre civilizado estuviera en casa.

Él sonrió, la mano en el corazón:

—Buenas noches, señora. —Inclinó el sombrero—. ¿Estaría su esposo en casa?

La Viuda Ruth miró al extraño con ojos entrecerrados. No se debía haber visto tan mal hace tal vez diez años. Tenía la complexión hundida y la compostura de un hombre que había sido alguna vez bastante atractivo y se había acostumbrado demasiado a usarlo para su beneficio. De hecho, le sonreía de una manera que sugería un uso excesivo de esa expresión.

Lástima que uno de sus dientes visibles se estaba pudriendo.

—Mi esposo está muerto —dijo al fin, rotundamente.

—Bien, entonces, señora, ¿supongo que es la jefa de esta hermosa casa?

—¿Qué quieres? —Ruth apuntó el arma un poco más alto.

—Nada, señora, yo solo busco un lugar donde pasar la noche. Mire, he estado viajando y ha sido una travesía muy fría. Y los coyotes me han estado olfateando. ¡Incluso vi un lobo esta mañana! Ves un lobo, y de seguro verás más, y sospecho que le vendría bien un poco de ayuda en la casa, con un poco de fuerza. Puedo ofrecer eso a cambio de una comida caliente y un hogar si está dispuesta a ayudar a una pobre alma cristiana en su hora de necesidad. —Le sonrió con su expresión más cautivadora e inocente.

Cualquier otro día, La Viuda Ruth le habría dicho al vagabundo que siguiera su camino, pero, de hecho, estaba por contratar a uno de los jóvenes de la ciudad para hacer unos trabajos para ella. Por lo general, le pagaba generosamente a un joven unos cincuenta centavos al día por el trabajo duro. Este extraño hambriento, que olfateaba los vestigios de su estofado como un cachorro hambriento, sería aún más barato. No es que necesitara ahorrar, había recibido una herencia generosa cuando Charles desapareció y luego fue declarado presuntamente muerto, ya que lo único que encontraron de él fue su mano izquierda con su anillo de bodas de oro macizo. Tampoco temía a este hombre medio muerto de hambre; ciertamente sabía cómo defenderse, como lo había tenido que hacer antes.

Ruth bajó el arma gradualmente.

—El techo necesita alquitranarse de nuevo. Y el gallinero necesita una limpieza completa. Hay algunas tareas más por el momento. Hay estofado. No intentes nada raro y nos ponemos a trabajar en la mañana.

—Es muy amable, señora. Veo que la luz del Señor brilla...

—Y sin hablar demasiado —interrumpió Ruth, levantando de nuevo el rifle antes de moverse para dejarlo entrar a la casa.

Henry comió alegremente las sobras y durmió abrigado en el suelo frente al hogar. La Viuda Ruth se privó de fumar su pipa y la escondió, en cambio, en el cajón de su escritorio, con un largo cuchillo en la almohada.

A lo lejos, un verdugo picoteaba los restos de un dedo meñique diestro que había llevado a su nido.

* * *

Pasaron tres días de trabajo intenso antes de que los nuevos compañeros de casa tuvieran algún tipo de conversación importante. Eso era preferible para La Viuda Ruth, que odiaba la charla imprudente. Según su opinión, ¿para qué hablar si podías callarte la boca? Esta brevedad era tortuosa para Henry Coalridge, un hombre al que le gustaba tanto escuchar su propia voz que, si estuviera solo, hablaría consigo mismo. Consideraba que su voz era tan encantadora que sería un pecado no compartirla con los demás. Por lo tanto, no podía comprender la necesidad o el deseo de silencio de su anfitriona, en especial cuando tenía para compartir tantas buenas historias de sus viajes e (injustas) pérdidas.

El primer día, no se escucharon sus murmullos desde el techo mientras lo volvía a alquitranar y lo sellaba. Pero pudo oír el chillido de un cerdo mientras La Viuda Ruth lo sacrificaba. Se le hizo agua la boca cuando se interrumpieron los gritos de muerte: cerdo fresco. Esa noche, cenaron lengua de cerdo, y La Viuda Ruth fue cortante con Henry cuando él intentó usar la suya.

El segundo día, Henry recurrió a no hablar mientras limpiaba y vaciaba el gallinero, en caso de que respirara accidentalmente por la boca y saboreara el olor fétido. Algunos polluelos habían quedado atrapados en una grieta entre las tablas del piso y murieron, sus pequeños cuerpos en estados intermedios de descomposición, el aroma increíblemente fuerte en un lugar tan pequeño. Su madre los picoteaba mientras él los despegaba con las manos desnudas. Esa noche se imaginó a esos polluelos infestados de gusanos piándole antes de que lo despertara los ronquidos de La Viuda Ruth desde la otra habitación.

Para el tercer día, con todo el trabajo agotador, Henry Coalridge se estaba volviendo loco con el permanente silencio. Una locura tal que comenzó a albergar la ridícula idea de que podría vivir así para siempre. Era un hombre que había viajado demasiado. El mundo le deparaba pocas sorpresas nuevas. De seguro, la guerra no llegaría a las afueras de territorios como esta granja solitaria. Le gustaba tener un techo estable y algo para comer por la noche, y si La Viuda Ruth estaba dispuesta, podía cerrar los ojos. Su tez rubicunda no era lo suficientemente terrible como para ser ofensiva. No, un hogar y una tierra tan salvajes como esta necesitaban de un hombre de conocimiento que hiciera algo con ella. Faltaba un rey en este pequeño reino.

Pensó en esto mientras arreglaba una cerca en el corral. Con toda esta tierra, un hombre podría convertirse en un gran ranchero. Aunque él mismo no había tenido éxito como vaquero contratado, no significaba que, con los recursos adecuados, no le iría bien administrando esta empresa. Se puso de pie y se secó la frente, examinando la tierra, ya que ella le había indicado a dónde podía ir y para qué. La Viuda Ruth era dueña de muchos acres, incluido un cobertizo de caza en el horizonte que Henry limpiaría y arreglaría pronto. Había un largo campo, plano y ralo. En el centro se encontraba el adefesio que era el pozo seco. Cuando estuviera a cargo, retiraría esa reliquia rocosa en ruinas. Solo servía para atraer pájaros errantes que no hacían otra cosa más que cubrirlo con su mierda.

Era el cuarto día cuando Henry Coalridge tuvo su primera oportunidad de cortejar, gracias a la bendición o maldición de una tormenta. No fue un simple chaparrón; llegó temprano, escondiendo lo que quedaba de la primera luz. La lluvia se precipitó como la muerte, una tempestad sobre la tierra plana. La granja estaba situada en una pendiente muy leve, pero el agua les llegó a los tobillos en una hora.

A la vista de las primeras nubes en el horizonte, La Viuda Ruth casi había corrido alegremente y abierto su barril de lluvia, algo en lo que había tenido que invertir luego de que su pozo se arruinara hace algún tiempo. El agua fresca tan temprano significaba que podía darse a sí misma un baño de verdad, uno lujosamente largo para sus huesos cansados y su piel reseca. Esos días, cuando se bañaba, recordaba cuando se sumergía en un lago poco profundo cuando era niña. Pensaba en el barro que se acumulaba entre los dedos de los pies o cómo le escupía agua a su hermana. El aroma del único regalo que adoraba del difunto Charles Hollow permanecía en el aire y la envolvía en un estupor. Una lluvia abundante era la clave de la paz y del pasado.

Pero tendría que esperar a que Coalridge saliera de su casa. En cuanto cesaran las lluvias, lo echaría. Aunque una noche como esta, en la que la lluvia se derramaba en las grietas de la tierra, traía comida fresca. La Viuda Ruth había pasado su juventud cazando ranas y cocinando sus ancas en el fuego. Podía regresar antes de la siguiente hora y atraparlas en el aguacero con lo que quedaba de luz. Eso dejaría un poco de ese tierno cerdo para ella una vez que Henry se hubiera ido.

La Viuda Ruth tomó una lanza de pesca, una red, una bolsa y una linterna oxidada encendida. Tomó un sombrero viejo y con unas pocas palabras a su huésped, salió a la tormenta, buscando llegar al arroyo bajo donde las ranas brincaban. La lluvia caía a chorros, pero ella conocía el camino en la oscuridad que se avecinaba.

Henry Coalridge echó un vistazo a la ventana polvorienta hasta verla desaparecer en la incesante lluvia. No tenía dudas de que una mujer así no se amilanaría frente a la lluvia, incluso en un chaparrón fuerte como este. Había algo allá afuera que valía la pena arponear o disparar, y él la dejaría a sus asuntos, ya que lo dejaba a él a los suyos.

Había descubierto una gran bañera de cobre poco después de haberse dado un tiempo para deambular por la casa. Era un gasto exorbitante, y Henry había deducido correctamente que muchos de los toques más finos del hogar se habían debido al difunto esposo de La Viuda Ruth. Eso no significaba que ella no hubiera aprendido a apreciar esos lujos, pero Henry Coalridge no era de los que consideraban a las mujeres como personas que podían evolucionar o adaptarse, por lo que no se le pasó por la cabeza que ella pudiera tener algún problema con que él se bañara en esa bañera ornamentada.

No sabía cuánto tiempo le quedaba, pero sabía que, si se ponía presentable, tendría una gran oportunidad para seducirla y convertirse en el legítimo jefe de esta granja. Al menos, esperaba tentarla a entablar una conversación, algo por lo que había estado desesperado desde que dejó el último asentamiento.

La bomba no podía transportar agua lo suficientemente rápido como para que comenzara a calentarla, pero con poco tiempo, se conformó con un baño tibio. Fue complementado por algunos aceites lujosos que había encontrado guardados cerca. Olía bastante bien y, sabiendo que tenía varias capas de viaje que cubrir, vertió una botella entera. Dejó el agua como estaba luego de fregarse y remojarse. Luego, con su ropa usada, se peinó el cabello con los dedos y se afeitó con la vieja navaja torcida que llevaba consigo. Henry Coalridge miró su reflejo en la ventana oscura y *supo* que no habría forma de resistirse a un hombre como él. Porque, ¿cómo podría la viuda desaliñada encontrar a un hombre la mitad de guapo que le prestara atención? Ella tenía suerte de que no fuera muy exigente ni quisquilloso.

Se le pasó por la cabeza que podría simplemente matarla y tomar la granja para él, pero no sabía qué otras relaciones podría tener que pudieran llegar de visita en cualquier momento. No ayudaba que no tenía idea dónde había escondido esa maldita escopeta, aunque la había buscado por todas partes. Su propia pistola había explotado a las afueras de Denver hace algunas semanas. Hería terriblemente su ego admitirlo para sí mismo, ya que no estaba seguro de que pudiera contra una mujer como esa mano a mano, o mano a pistola, como hubiera sido la situación.

Finalmente, aunque no lo pareciera, Henry Coalridge era un hombre pacífico. Y a pesar de su exterior áspero, La Viuda Ruth tenía sus encantos, aunque hubiera que entrecerrar los ojos para verlos. Más allá de lo que aparentaba, Henry era un amante, no un luchador.

Mientras Ruth terminaba su cacería anfibia, Henry bajó sigilosamente al sótano, localizó una vieja botella de whisky y mordisqueó un tasajo seco y una manzana blanda. Salió y preparó la escena lo mejor que pudo. Pulió dos vasos con la manga, luego tomó un trago de whisky, notando que no estaba rancio. Nunca se le pasó por la cabeza que trataría de seducir a La Viuda Ruth con sus propios bienes.

En ese momento, la buena Viuda llegaba caminando a la casa de un humor sorprendentemente mejor. Había atrapado fácilmente un par de las grandes, con las ancas del tamaño de varios dedos. A pesar de que había planeado que Henry se fuera por la mañana, aun así comerían unas buenas ancas de rana esta noche, cocidas en grasa de tocino. Malditas sean las apariencias, le gustaba la buena comida y le gustaba compartirla.

El momento en que abrió la puerta, todo empezó a ir terriblemente mal.

Era el olor. Cuando Ruth y su difunto esposo habían estado prontos a casarse, Charles había pedido unos aceites de baño muy finos y elegantes a una tienda de Nueva York. No tenían un valor sentimental para ella, ni un simbolismo amoroso, sino que no tenía idea dónde se conseguían aceites como esos. Y en las noches en que se sentía hedonista, vertía un poco en su baño, sabiendo que no iba a durar. La calmaban y ayudaban a que su mente divagara.

Aun así, eran sus aceites perfumados.

Henry Coalridge apestaba a ellos. Dejó caer su presa y apenas notó que Henry había sacado algunos de sus vasos y los había acomodado. Tampoco notó que había vertido lo que quedaba de ese viejo whisky que tenía. Solo olía el gasto.

—¿Qué has...?

—¡Mi querida señora Hollow! Debe estar temblando. ¿Por qué no toma asiento? O mejor aún, ¿por qué no se calienta un poco? Espere, le traeré una manta.

Ruth lo rodeó con determinación hasta llegar a la bañera. Estaba llena de agua sucia. Llena de *él*. Junto a ella, tirada sin ceremonias en el suelo, había una botella de ese aceite de lujo, vacía de su contenido. Henry se paró detrás de ella con una manta y una cara suplicante. A pesar de todos sus encantos, a veces era un hombre muy distraído. A pesar del semblante aparentemente frío e inexpresivo de La Viuda Ruth, incluso él comprendió que ella estaba, según él, irrazonablemente molesta. Ella apretaba y soltaba los puños, pasando la vista de la bañera a la botella vacía, al refrescado Henry, sin decir una palabra.

A Henry le pareció que esta seducción iba muy, muy mal. Lo ponía extremadamente nervioso, y cuando se ponía nervioso, hablaba.

—Bien, señora, se me ocurre que debe estar con frío, y eso no ayuda en nada a calmar su temperamento. Si me lo permite, podemos llevarla junto al fuego para que se caliente y se ponga cómoda, no se preocupará más por lo que sea que haya pasado en esa bañera, excepto que yo había esperado un poco de, eh, hospitalidad luego de haberme quedado tanto tiempo aquí y cuidado de su buen hogar. Es muy razonable, de buena persona, más aún, de buen cristiano que me haya permitido usar su fino baño, ya que es una hospitalidad general, y este humilde forastero, el hombre que ve ante usted, ha estado demasiado cubierto de inmundicia como para parecer civilizado...

La Viuda Ruth se volvió hacia él, los ojos ardiendo como un atizador de hierro.

—¡Ya cállate!

Como era de esperar, Henry Coalridge no se calló.

—¡Bueno, señora! ¡Así no habla una dama! En especial una de su edad y categoría...

Siguió y siguió después de eso, pero luego de que la regañara por su forma de hablar, Ruth ya no escuchaba a Henry Coalridge, ese inútil robabaños, sino a Charles Hollow. Porque ese siempre fue el problema de Charles. Hablaba demasiado. Y de todo lo que hablaba, una buena parte era para regañar a Ruth. Pero se deshizo de ese problema.

Antes de que tuviera tiempo de calmarse y pensar, Ruth metió la mano en su bolso de cuero, amartilló la pistola y apretó el gatillo. Había ayudado a su padre a cazar antes de sangrar. Aunque Henry estaba haciendo pantomimas con la manta en los brazos, su disparo fue certero. La bala atravesó su garganta y se incrustó en la jamba de madera de la puerta.

Henry Coalridge se desplomó en el suelo. No muerto, todavía no, pero muriéndose. La Viuda Ruth no lo pensó mucho, ya que todavía estaba animada por su ira. Aunque Henry Coalridge no podía hablar ni moverse, podía verla débilmente mientras lo sacaba del cuello hacia la lluvia que se desvanecía. Ella se agachó y lo arrastró por la pendiente familiar, lo suficientemente familiar para que no necesitara luz ni estrellas, hacia ese pozo grabado en su memoria.

La Viuda Ruth tiró del moribundo Henry Coalridge, incapaz de pedir clemencia, hasta la rocosa pared en ruinas. Sin pensarlo dos veces, lo empujó al pozo. Con una pausa en la tormenta, se secó las manos en el abrigo y realizó el camino de vuelta, lista para cocinar sus ancas de rana.

Henry Coalrige yacía desplomado en el fondo del pozo seco y arruinado, recientemente humedecido por la fuerte lluvia. Su compañero en el oscuro, acuoso recinto ya era solo huesos, sin una mano y con los dientes en exhibición. Henry Coalridge moriría unos minutos después del amanecer, luego de que un verdugo gris bajara para buscar más insectos entre los restos de Charles Hollow.

Si Charles hubiera podido hablar, podría haber mencionado que compró ese aceite a un vendedor ambulante en una feria. Supuestamente, tenía dedalera, opio, lo necesario para relajar a una dama. Podría haber mencionado que compró cinco botellas ese día: dos para su joven futura esposa y tres para su amante. Aparentemente, Charles no podía contener lo suficiente la lengua como para tranquilizar a una mujer, algo que no aprendió hasta el día en que terminó matándolo.

En el remanente hundido de un pozo en mayor

parte en ruinas, en medio de la tierra de nadie de Nebraska, Henry Coalridge observó con la vista moteada un pájaro gris que saltaba hacia él para comer cualquier minúscula criatura que se escondiera en su cabello.

La Viuda Ruth, luego de fregar bien la bañera y cenar las ancas de rana, preparó su propio baño. Tal vez fue por despecho, tal vez fue una imprudencia repentina que aparece luego de hacer una acción innecesaria, pero decidió usar el resto del aceite en su baño. Se relajó en el agua y soñó con sus pies descalzos pisando un arroyo.

El cadáver sin piernas de una rana crepitaba en la luz del sol de la mañana.

DEVORADORA DEL DOLOR

El hambre tiraba de ella como un anzuelo enganchado a su ombligo. Terri sintió el tirón, la constancia, la urgencia.

Martes.

No se había alimentado desde la semana pasada. El centro de ayuda estaba cerrado por vacaciones y demasiadas personas habían cancelado sus citas de terapia debido a ello. Podía aguantar más tiempo si era necesario. Eso significaba otra lista de problemas; se vería obligada a asumir más de lo que quería. Eso sucedía siempre que se pasaba de hambre.

Resignada, se vistió y se preparó para la cacería. Se puso un suéter; no era apropiado para el clima, pero transmitía calidez. Consuelo. Lo mejor para atraer a su siguiente comida.

A primera hora de la tarde, el vapor subía del calor del pavimento empapado por la lluvia. La gente caminaba por la calle cocinada como dim sum, limpiándose la frente mientras el sudor se les acumulaba sobre los labios. Era un clima espantoso. Un clima cambiante y agotador. Un clima perfecto porque agotaba las defensas.

Si comía una comida realmente trágica, podía tomarse un descanso de hasta dos semanas. Pero hacerlo era doloroso. Su segundo estómago se distendería y endurecería con la fuerza. Luego se desvanecería, se transformaría en algo esquelético, irreconocible. Alimentarse justo después de una indigestión era un riesgo porque la miseria iba directamente al pecho. Era cuestión de equilibrio. No te des un atracón, pero no te mueras de hambre. Necesitaba un suministro consistente de agonía.

El vapor, el sudor... los sentía en su nariz, pero debajo podía oler la tristeza de una persona de la misma forma en que un perro olería un tocino enterrado. Se le hacía agua la boca, y caminaba un poco más rápido al bar de la esquina, que acababa de abrir para la noche. El barman habitual le saludó con un gesto de la cabeza.

Terri tuvo cuidado de no apresurarse. No deseaba espantar a nadie, sino más bien que vinieran a ella. Necesitaba su desesperación, su deseo. Le agregaba sabor al plato. Deliberadamente, se dirigió al final del bar, donde estaba tranquilo; donde ella y su comida podían estar solos.

Nunca bebía, no mientras cazaba. La hacía descuidada, y terminaba alimentándose demasiado. La sobrealimentación dejaba a sus comidas un poco *vacías*. Cuando se alimentaba, su objetivo era aliviar algo de su dolor. Si se alimentaba adecuadamente, sus comidas quedaban con una sensación de alivio. Demasiado y eso haría... bueno, podía dejarla a ella intoxicada por la pena y a ellos, sin emociones. Hasta ahora, había sido inteligente y nunca había llegado hasta allí, a diferencia de otros. Pero había estado cerca.

Luego de pedir un club soda con lima, Terri sacó un libro de bolsillo de su bolso y comenzó a leer. Nada atraía tanto a la gente como una mujer sin pretensiones leyendo sola en público.

La gente comenzó a llegar al bar. Bebedores solos, grupos, una pandilla ruidosa y molesta en el extremo opuesto. En cuarenta minutos, alguien se colocó a su lado. Era viejo, olía a cerveza barata y tenía una barba incipiente de color amarillo. Tenía el aroma, y ella salivó. Tomó un sorbo de su club soda y esperó. Se acercó a ella.

—Dime, eh, ¿qué estás leyendo? —dijo él, luego de cinco minutos.

Ella mostró la portada y sonrió.

—Un libro que conseguí en oferta. —Para ser honesta, estaba demasiado hambrienta para leer, todavía en la misma página desde que había llegado. Estos viejos libros de bolsillo eran un cebo excelente.

—Ah, qué bien. ¿Alguna vez leíste alguno de Patterson? El tipo es un genio.

—¡Lo tengo en mi lista! —Mentira.

—Dime, ¿qué haces leyendo en un bar?

—El ruido es agradable, y me saca de mi casa, ¿sabes? ¿Y tú?

—Lo mismo.

No era suficiente. Terri necesitaba que hablara. Él se estaba conteniendo, pero ella no podía espantarlo tan pronto.

—¿De qué trabajas?

—Oh, estoy jubilado. Pero solía trabajar en motores de barcos. Era un buen trabajo. ¿Y tú?

—Soy consejera.

—¿Es como una terapeuta o psicóloga?

—Sí, como una terapeuta, un enfoque diferente y una educación diferente.

Él asintió con la cabeza.

—Sabes, te creo. Es muy fácil hablar contigo.

—Me lo han dicho un par de veces.

Sonrió con los labios apretados. «Vamos, vamos. Empieza de una vez».

—Mi esposa quería que fuéramos a terapia.

«Bingo».

—¿Oh? ¿Y ahora ya no?

—No, eh, me dejó.

«Un poco ordinario, pero me tendré que conformar».

—Qué triste, lo siento. —Frunció el ceño, fingiendo preocupación, luego dijo—: Puedes contármelo, si quieres.

El extraño sopesó su decisión. Podía irse. O podía empezar, y Terri se alimentaría.

Tomó un trago de su cerveza.

—Sí... Sí. Me gustaría, ¿si no te molesta?

Terri tomó su libro, lo guardó en su bolso y alcanzó su bebida.

—No es ningún problema. Esta noche, invita la casa.

La tensión en sus hombros se alivió y se desplomó en su asiento.

—No... no sé qué pasó.

—Empecemos con calma. ¿Cuándo sucedió?

—Hace tres días. Se está quedando con su hermana. Es mi culpa. Yo...

De repente, en el aroma floreció la culpa. Esto sería más satisfactorio de lo que había pensado al principio.

—Puedes decírmelo. No se lo contaré a nadie.

Estás en confianza. —Puso su mano sobre la de él. «Pronto».

—Hace unos veinte, veintidós años, en realidad, tuve una amante. Fue breve. Pero la chica, Victoria, bueno, se empezó a sentir culpable, supongo, porque se estaba muriendo de cáncer, y no habíamos hablado desde que terminamos. Pero después de que murió, Carol, mi esposa, recibió una carta y, mierda, la perra confesó todo. Incluso envió fotos.

Un pequeño agujero se abrió en la palma de la mano de Terri, y de él salió deslizándose una vena con dientes espinosos en la punta. Se posó sobre la mano de él.

—¿Fue entonces cuando pidió ir a terapia?

La vena atacó, y el ojo del hombre se crispó, pero no notó los dientes como agujas que se clavaban en su piel.

—No, eso fue semanas antes, cuando me enteré por un amigo que Victoria estaba enferma. Yo me... Me sentí un poco... No sé, nostálgico. Culpable. No sé por qué lo hice, ya sabes, con Victoria. Nunca nos llevamos, pero fue nuevo en el momento. Nunca sentí la necesidad de contárselo a Carol. En aquel entonces, un hombre hacía algo como eso para desahogarse y no era para tanto. Ahora, todo es como, ya sabes, como esas tonterías de Oprah. Me hizo sentir un poco como un imbécil y nunca lo fui. ¡Yo la cuidé! —Hizo una pausa, y sus labios se estrujaron como los de un sapo—. Dejé de hablarle porque nunca quise que Carol se enterara. Más que por no querer lastimarla. Sino porque en realidad no quería que me mirara como lo hizo el día que me dejó.

Comenzó a llorar, y ella comenzó a extraer la tristeza. El hombre escondió los ojos en su otra mano.

Poco a poco, la pena llenó su otro estómago. Podía sentir el cosquilleo de una comida fresca desde su palma hasta un lugar por encima de su hígado.

El extraño se secó los ojos con una servilleta y pareció aliviado.

—Siento haberte echado todo esto encima.

—A eso me dedico. ¿Cómo te sientes?

—Mejor, supongo, ahora que me desahogué.

Su voz titubeó. La vena se metió nuevamente en la palma de Terri.

—Es muy fácil hablar con usted, señorita... —Pareció sorprenderse de sí mismo, perturbado por haber revelado tanto a un desconocido sin nombre.

—Terri. —Ella sonrió, ligeramente saciada.

—Bueno, Terri, me hiciste llorar en el primer encuentro. Seguramente, no te pagan lo suficiente. ¿Tienes una tarjeta?

Pagó su cuenta, tomó la tarjeta que le ofreció Terri, se despidió rápidamente y se fue.

Terri terminó su trago y se preparó para salir cuando la escuchó: la risa al otro lado del bar. Tenía un eco, un sonido que alarmaba el instinto animal de Terri, a la criatura primordial que vivía en su interior y se alimentaba del dolor de los demás. Había conocido a un puñado de otros devoradores a lo largo de los años. Se susurraban sus puntos en común en las esquinas, en cafés o en parques. Era un poco de camaradería que a veces le servía de consuelo.

La criatura que se reía era algo parecido, aunque diferente y sobre todo demasiado común. Un creador de dolor, como el devorador, se alimentaba de la tristeza y la miseria. Pero los creadores necesitaban fabricar el suyo propio. Eran como ella, solo que corrompidos por el hambre.

Fue el rebuzno de su risa lo que llamó su atención. Se reía de alguien, y el eco de su risa le aturdía. Era una mezcla de ira y deseo. El creador le hacía querer darse el gusto y hacer daño.

Volvió a sentarse, sacando su teléfono para esperar, con el objetivo de espiarlo. Vestía un elegante par de pantalones caros y una camisa limpia y nueva. Se había peinado el pelo, pero se veía relajado, como si se tratara de una reunión informal de negocios. Lo rodeaba un grupo de aspecto similar, pero él era el más ruidoso, reprendiéndolos en broma. Se rieron, pero podía olerlo en su grupo: inseguridad. Se estaba alimentando de su inseguridad.

Hizo otra broma grosera, esta vez sobre tirarse a la novia de uno de ellos, pero que tenía demasiado cara de caballo para intentarlo. Los otros rieron, pero uno reía más bajito.

Al otro lado del bar, a Terri se le hizo agua la boca. Ella podía aliviar ese dolor. Sacarlo. Absorberlo. Aliviar aún más su hambre si pudiera acercarse. Pero esperó y pidió otro club soda mientras ellos pedían otra ronda.

El creador se estaba llenando, y emborrachándose un poco. Terri se dio cuenta de que debía ser su jefe. Se había conseguido comida para siempre. Podía maltratarlos como lo estaba haciendo ahora y nunca pasar hambre. Era cruel. Era inteligente.

Terminó su cerveza y se fue, pero no sin hacer un comentario al tamaño del pene de uno de los hombres. Esta humillación le servía de digestivo.

Interesada, y su hambre renovada, lo siguió afuera. Parte de su instinto insistía en que fuera a la mesa que él había dejado para consolarlos y alimentarse de sus sobras como lo haría un pájaro carroñero. Le superaba un deseo nuevo, su curiosidad ante una criatura como él. Quería encararlo y ver si podía expulsar a esta otra bestia. Probar que era más fuerte que esta cosa que necesitaba cultivar su propio rebaño y no podía soportar la caza.

Él salió por la salida lateral, que lo llevó a un callejón que conducía al estacionamiento. Terri era una sombra; solo la plata de un alfiler viejo en su suéter la delataba.

—No me follo a gordas —dijo él, deteniéndose para encender un cigarrillo. Luego se detuvo, volviéndose alarmado, sin duda porque notó la falta de tristeza o dolor. Entrecerró los ojos mientras observaba a la figura casi oculta. Aspiró profundo el cigarrillo y luego olfateó aún más profundo: un lobo husmeando a un coyote en la noche—. Uno de ustedes, ¿eh? Ya no veo a muchos de los tuyos.

Terri inclinó la cabeza. Bajo el olor a colonia barata, cerveza y cigarrillos había algo que le abría el apetito. Lo que sucedía con los devoradores era que comían el dolor, pero no desaparecía. La sombra de toda la tragedia que había absorbido se encontraba allí, latente, creando sus propios pozos de miseria en su ser.

Pero este, este creador... casi podía sentir el dolor que había causado y tragado, espeso como mermelada. A él le gustaba lo que hacía. No estaba segura si quería follárselo o lastimarlo. O ambos.

—Todavía andamos cerca —respondió ella, sin duda consciente de cómo él la evaluaba.

—Sí, bueno, estoy en esta área desde hace tiempo. —Sacudió su cigarrillo—. No empieces a andar por mi territorio.

—*Yo* estoy aquí hace tiempo. No somos del tipo de tener «territorio».

Remarcó la última sílaba.

—Me importa un carajo cuál es tu tipo. No puedo tenerte por aquí tranquilizando a las ovejas cuando necesito un bocadillo.

Esto empezaba a ser odioso. Él estaba transformando su curiosidad en ira, y esa ira estaba al borde de la violencia.

—No puedes decirme nada. Iré a donde mierda me plazca.

Él se acercó, el hambre reflejada en sus ojos.

—Eres de una raza en extinción, puta. No puedes sobrevivir esperando.

Luego, como un niño, la empujó.

Ira. Hambre. Furia. Deseo. Y el olor. El olor a *dolor*. Tenía tanta *hambre*.

De su palma salió volando la vena. Los dientes se aferraron a su cuello, perforándolo y mutilándolo, como un gato sacudiendo un ratón. Con su otra mano, lo empujó contra la pared del callejón mientras él intentaba retroceder. Sus puñetazos y empujones no eran suficiente porque ella ya estaba comiendo, y él ya estaba siendo drenado. Había muchísimo dolor, sufrimiento y tristeza, y podía saborearlo como almíbar.

Él abrió la boca para gritar palabrotas e insultos. Terri abrió la suya, y su gruesa vena esofágica que nunca tuvo ocasión de usar salió serpenteando. Aceleró hacia su boca que gritaba y se aferró a la parte posterior de su garganta como una cobra.

El dolor bombeó más rápido hacia ella mientras él se ahogaba en sus gritos. Sus dedos fueron lo primero en marchitarse y desaparecer, convirtiéndose en polvo en el lapso de unos minutos. Luego sus antebrazos. Se dio un atracón, deleitándose con el sabor embriagador. *Más*. Cayeron los zapatos. *Más*. Seguidos por los pantalones vacíos y su camisa. Todo lo que quedó era una porción de garganta y amígdala que dejó caer en el suelo húmedo junto al cigarrillo encendido.

Terri se lamió la palma de la mano, saboreando el último bocado. Su bolso se había caído, y se agachó para recogerlo. El viejo libro se había caído: *Perdonar y olvidar*. Lo volvió a guardar, aunque ahora la tapa estaba húmeda. Saliendo del silencio del callejón, caminó hacia la calle como si nada hubiera pasado. En la oscuridad, no notó la baba que manchaba su suéter o las cenizas de cigarrillo en su zapato. Camino a casa, recogió comida para llevar para alimentar su estómago humano.

Curry.

Su comida le había dejado con antojos de cordero.

LA BESTIA DE MUCHAS CARAS

Algunos pueden sentir la lluvia acercarse en sus articulaciones. Otros podrían sentir un dolor de cabeza repentino. Otros podrían olerla, un rastro tenue de ozono eléctrico en el aire. Verily podía sentirlo en la piel, particularmente en los brazos y en la parte posterior del cuello. Los vellos se le erizaban como si llamaran al mismísimo relámpago. Esta pequeña habilidad le había salvado a ella y a su familia más de una vez porque siempre lo sentía unas pocas horas antes. Incluso cuando era bebé, su madre solía buscar los vellos reveladores en los brazos de Verily y luego apresuraba a todos a entrar antes de que llegara la tormenta de verano.

Este verano sería difícil. Verily ya podía sentirlo, aunque no pudiera decirlo. Habría tormentas fuertes con truenos que sacudirían su casa, y en cada una estaba la constante amenaza de *eso*.

Un invierno difícil seguido de una primavera cálida hizo que el verano fuera desagradable cuando llegó la lluvia. Desagradable para todos, excepto para la bestia, que bendecida por la lluvia tendría más tiempo para cazar sus presas humanas.

Sintió que se acercaba la lluvia, y llegaría pronto.

—¡Mamá! Tenemos tal vez una hora —gritó, arrojando otro tronco de madera en el cobertizo, sus manos tomando la cadena para cerrarlo—. ¿Dónde está papá?

Su madre se enderezó, como una cigüeña que sale del agua, y miró a lo lejos.

—Está en camino. Puedo ver su caballo no muy lejos.

Se inclinó de nuevo, arrancando las últimas malezas del huerto. La madre de Verily, Tanin, era tranquila, congelada en un frío desapego incluso ante la lluvia inminente.

Ambrosia se acercó con su cesta de huevos.

—Las gallinas están adentro. Las cabras también. Solo falta papá y podemos meter al caballo y cerrar el granero.

—Llegará pronto, tú y tu hermana vayan a desempolvar el horno antes de que nos quedemos atrapados por el resto del día —dijo Tanin.

Verily arrojó el último tronco y se secó las manos. Revisó el candado tres veces antes de darse la vuelta, y aun así se sentía ansiosa, a pesar de que no había nada vivo dentro de la cabaña por lo que preocuparse.

La tierra y la hierba debajo de ella se movieron con el viento repentino y le invadieron los presentimientos mientras galopaba de regreso a la casa, su hermana menor pisándole los talones.

Ambrosia apiló los huevos en la cesta de la mesa, organizándolos con la habilidad y la gracia de una mujer de tres veces su edad. Aunque tenía diez años, bien podría haber nacido con el temperamento de una anciana. Nunca se enojaba, sus movimientos eran tranquilos y reflexivos, al igual que su madre. Con sus ojos gris piedra y su voz más dura, incluso los adultos la trataban rápidamente con respeto.

Esta combinación hacía de Ambrosia la peor hermana menor. Aunque era cuatro años y medio mayor, Verily se sentía como la más pequeña. Toda su habilidad única para conocer la lluvia era en vano en comparación con la perpetua constancia de Ambrosia.

—No olvides limpiar detrás del hogar —dijo, pasando a su lado sin una mirada adicional a su hermana.

Verily resopló para sí misma y terminó de sacar el exceso de cenizas. Ambrosia cubrió el aceite de las lámparas y encendió una pequeña vela a un lado. Aún tendrían varias horas de luz, a menos que esta tormenta de verano ansiara borrarla. Verily tenía la sensación de que esta lo haría.

Al oír que se acercaba el caballo de su padre, salieron a su encuentro. Tenía una expresión sombría que no se molestó en ocultar a sus hijos mientras desmontaba.

—¿Supongo que aún no piensan tomar las precauciones? —dijo Tanin. Sus ojos apenas transmitían su perturbación.

Perth negó con la cabeza y comenzó a alejar al caballo.

—El hombre es un maldito estúpido. Un maldito terco, estúpido, Nin. Y sus hijos están en peligro. Todo porque no quiere cortar su cabello o el de su esposa o desperdiciar el acero. Dice que todo es producto de nuestra imaginación y que tiene lista su escopeta.

Verily sintió que la boca del estómago se le hundía. Sabía que estaba hablando de los recién llegados, que se habían mudado aquí en la estación seca. Se mantenían en su mayoría apartados del resto, y Verily había visto desde la distancia que tenían tres pequeños. Si tenía que adivinar, diría que el mayor de ellos era de la edad de Ambrosia, con rizos de color castaño dorado. Nunca habían pasado un verano con la bestia.

Miró la trenza clavada en el dintel del granero. El cabello había sido de Ambrosia. Verily había llorado la primera vez que su madre trenzó y cortó el cabello para el amuleto. Era la única que tenía el cabello lo suficientemente largo como para hacer las trenzas para esa temporada.

Ambrosia no lloró. Incluso trenzó sus propios mechones en preparación. Cuando Verily le preguntó al respecto, Ambrosia solo se encogió de hombros y dijo:

—Hace calor en verano.

Encerraron al caballo en el establo, luego se encerraron dentro de la casa cuando las primeras gotas grandes comenzaban a caer.

Y esperaron.

Tanin siempre era productiva durante las tormentas. Se dedicó a reparar en un rincón cercano a cualquier cantidad de luz que entrara. Ambrosia se concentró en sus deberes escolares. Su padre trabajaba arreglando la suela de una bota vieja hasta que se cansó y se recostó a dormir una siesta.

Verily se acomodó en el borde de la mesa y trató de descascarillar algunos de los frijoles que ella y Ambrosia habían recogido esa mañana. Era una tarea falsa. Pasaba la mayor parte del tiempo susurrando oraciones a cualquiera que escuchara para proteger a esos pequeños niños. Por lo general, pasaba el tiempo rezando por su familia. A pesar de que siempre protegían su lugar y mantenían las tradiciones honestamente, la bestia igual la asustaba.

El sonido de la lluvia en el techo de alquitrán se hizo ensordecedor. Se oscureció rápidamente a media tarde, y tuvieron que encender las lámparas. Verily esperaba que los ignorara esta tormenta. A veces los ignoraba por completo, estaban lejos de sus vecinos, donde había una mayor concentración de posibles víctimas.

Comieron una pequeña comida en la tranquila oscuridad, luego volvieron a sus tareas. La noche se cernía sobre ellos, y la lluvia caía incesantemente afuera. Los padres de Verily se quedaron dormidos a la luz de la vela menguante. Ambrosia continuó con sus libros y cartas, su espalda contra la puerta. Si Verily no supiera mejor, habría pensado que Ambrosia estaba tratando de bloquear la entrada a la bestia. Ambrosia nunca temió a la bestia, no de la manera en que lo hacía Verily. Verily estaba sola debajo de la ventana delantera, sin nada que hacer más que jugar con pedazos de lana para hilar. Verily no podía quedarse dormida, porque así era como la bestia operaba. Resistiría el mayor tiempo posible.

Entonces llegó.

Primero fue el estruendo. Era bajo, como el ronroneo de un gigante o el tronar silencioso que hacía vibrar las paredes de la pequeña casa. Verily instintivamente supo que el sonido provenía del pecho de la bestia. La bestia no rugía, cazaba en silencio, el movimiento enmascarado por la lluvia. La bestia no gritaba, ansiaba.

Los rasguños fueron la siguiente señal de que estaba allí. Verily ya no pudo resistirse, con los ojos en la distancia entre la cortina y el alféizar de la ventana. La lluvia era su propia cortina, y se separó alrededor de la sombra de una figura, no podía distinguir exactamente su forma. Lo único que la iluminaba en la oscuridad eran los breves destellos de los relámpagos, y aun así la bestia era una oscuridad invisible, brumosa y monstruosa que se acercaba a su puerta.

Incluso si uno la viera fuera de la lluvia, algo que nadie había hecho, sabría que lo que estaba viendo no era natural. Algunos decían que se veía como la combinación profana de un lobo o un perro, que caminaba sobre patas como garrotes. Otros decían que era un oso sobre sus patas traseras. Y otros decían que se deslizaba sobre dos patas de serpientes. Invisible y en la oscuridad, Verily no podía notar la diferencia. Era un instinto visceral que le decía que la criatura que se acercaba a la casa estaba *mal*.

La cabeza era la peor parte. Verily podía sentir que algo en ese vacío la miraba en la oscuridad, aunque ella no pudiera verlo. Se imaginaba que la bestia tenía una boca que iba de un lado a otro de su quijada, decorada con una colección de dientes afilados y triangulares. Había formas irregulares sobre la cosa que cortaban la lluvia, y parecía como si estuviera coronada por cuernos rizados como los de un carnero o por un árbol como los de un ciervo.

Llegó a la puerta, y Verily contuvo el aliento al escucharla olfatear los bordes. Escuchó a la bestia arrastrar sus garras ligeramente sobre el marco de madera hasta que llegó a la trenza colgada sobre la puerta con trece clavos de hierro. El cabello de Ambrosia.

Con delicada precisión, observó cómo un mechón de la trenza se soltaba lentamente, desenroscado en una sola longitud. El cabello dorado de Ambrosia era la única luz en la oscuridad, iluminada por el resplandor de la ventana. Entonces esa hebra brillante desapareció en la oscuridad, apagada por la odiosa criatura.

La bestia debía haber sido apaciguada por el regalo, porque Verily sintió que se iba. Al final, hizo una de las cosas más horrorosas que Verily había presenciado. La miró directamente, asomándose a la cortina, y sonrió. Solo el blanco tenue de sus dientes irregulares se iluminó con el rayo. Unas fauces aterradoras en la lluvia oscura.

Verily se agachó debajo de la ventana y escuchó mientras la cosa se alejaba en la tormenta y se dirigía a aterrorizar otra casa.

Ambrosia la miraba con ojos caídos desde su asiento. Sin decir una palabra, sacudió la cabeza, recogió sus libros y se acercó al desván que compartían. Verily observó su larga sombra mientras subía, todavía sin aliento por la presencia menguante de la bestia.

* * *

El pueblo adoraba los días secos y soleados, aunque el agua estancada atraía a todos los insectos y hacía que el aire fuera bochornoso. La gente se tomó el tiempo para escapar la congestión y la atmósfera cargada de miedo de sus hogares. Un día después de la tormenta, Verily se consoló con el hecho de que cada vez que se tocaba la nuca, el vello no se movía.

Perth cabalgó hacia el pueblo para ver cómo les había ido a los demás. Tanin continuó con su trabajo, instruyendo a Ambrosia para que le ayudara a recolectar manzanas en su pequeño huerto. Verily llevaría una selección a los Elnar como pago por una bolsa de harina que habían intercambiado anteriormente. Recogió unas cuantas en el huerto, cada fruta madura de un color rojo brillante y sobrenatural. Cada una, perfección inmaculada.

Su aldea era conocida por sus productos y ganado. La tierra aquí era generosa; la fruta, la más dulce; el grano, el más resistente; el pescado y la caza, abundantes. Incluso las ovejas, las vacas y las cabras producían la leche más fina. Era una de las razones por las que muchos no se iban. Eso y, cada vez que alguien de la aldea se iba, la bestia lo seguía. Aunque la bestia era aterradora, la tierra estaba bien.

Los Elnar vivían en el límite del lado occidental de un gran lago, su molino cerca del extremo más cercano de un bosque. Estaban mucho más cerca de la plaza del pueblo, a solo una hora y media a pie, pero lo suficientemente lejos como para permitirse un poco de privacidad. No habían sufrido pérdidas a manos de la bestia en las últimas tres generaciones y eran diligentes con sus protecciones.

Ma Elnar era una mujer grande y bulliciosa que tendía a pellizcar la mejilla de Verily aunque se estuviera volviendo demasiado grande para tales gestos. Sin embargo, se lo perdonaba, porque siempre le daba dulces a Ambrosia y a ella.

—Dime, Verily, ¿cómo está tu familia? ¡Hace casi tres semanas que no veo a tu papá! —dijo, tomando la canasta de manzanas e indicándoles que entraran.

Le sirvió a Verily un vaso de leche fresca y le dio un bollo de miel en la mesa de la cocina. Los panes de Ma Elnar eran los mejores de la región, y los hacía y repartía como si fueran flores recogidas.

—Están bien. —Verily partió el bollo en pedazos, luego dio un mordisco y dejó que la dulce miel corriera y cubriera su garganta—. ¿Sabes algo de los nuevos? Pa dijo que se negaron a colgar los amuletos.

—¿Los Reynauld? ¿Se negaron? ¡Oh, Dios mío! ¿Por qué? ¡Y tienen tres pequeños!

Ma Elnar comenzó a respirar con dificultad y a estrujar su delantal. Ella era así, dramática y emocional. No como muchos en la aldea, endurecidos por el dolor.

Había habido temporadas en las que nadie había desaparecido a manos de la bestia porque la comunidad estaba atenta al momento de poner los amuletos. A veces dos años seguidos. A veces, la racha se rompía solo por un extraño que estaba de paso que no conocía el área y acampaba en las afueras, y terminaba siendo sorprendido bajo la lluvia. Los recién llegados solían burlarse de los aldeanos, hasta que veían a la bestia ellos mismos. Luego mantenían la tradición honestamente.

Era raro entonces que un recién llegado se rebelara en su contra. O que fuera tan terco con las súplicas de sus nuevos vecinos. Nunca había sucedido en la vida de Verily hasta ahora.

Al ver el pánico de Ma Elnar, Verily quiso consolarla, aunque tuviera que exagerar la verdad para hacerlo.

—La bestia llegó hasta nuestra casa anoche, y no vi nada ensangrentado en ella. Apuesto a que ni siquiera llegó a la aldea.

—Espero que tengas razón, querida, espero que tengas razón. —Ma Elnar comenzó a pelar una manzana con manos ágiles y rápidas. El sonido de la piel despegándose de la fruta y de Verily masticando eran lo único que rompía el silencio en la cocina.

En el bosque, detrás del molino, a una corta caminata de distancia, había una pequeña colección de deliciosas peras salvajes doradas. Verily siempre había

EN AUSENCIA

tenido por costumbre, cada vez que visitaba a los Elnar, atravesar esas partes y traer de vuelta algunas. Todavía era temprano en la temporada, pero la fuerte lluvia había hecho que todo floreciera en esa área. Peras frescas y redondas para una buena tarta de frutas.

Verily tocó su nuca. No habría lluvia. Atravesó el camino ramificado por el que había caminado tantas veces antes. Se escuchó un pequeño canto de pájaro, e incluso el viento estaba calmo mientras se movía con su canasta en la mano. Los perales todavía no tenían muchas frutas, vio donde había algunas maduras y llamativas. Una brisa repentina le hizo cosquillas en el cabello y las orejas, pero Verily estaba más concentrada en arrancar las peras que podía alcanzar.

Cuando se dio la vuelta, vio una sombra detrás de un afloramiento. Era demasiado pequeño para ser la bestia, y la bestia solo aparecía cuando llovía. Se acercó lentamente a él, atraída por la curiosidad y tragándose la respiración. Lo primero que oyó fue el zumbido, que parecía extraordinariamente fuerte, era increíble que no lo hubiera escuchado.

A la vuelta de la esquina, sobre una gran roca, estaban los restos de un bebé. Su cuerpo había sido abierto y masticado en algunos lugares. Su pecho y estómago abiertos eran una caverna sangrienta y fibrosa, desprovista de todos los órganos y goteando un líquido transparente que Verily solo podía suponer que era saliva. La piel estaba cenicienta y cubierta de todo tipo de insectos que se comían los restos. Lo peor, con mucho, era la sangre que cubría los rizos dorados y los ojos abiertos e incrédulos.

Verily apenas podías respirar para gritar. Retrocedió, dejó caer su canasta y corrió hacia la casa de los

Elnar. La lluvia no había sido gentil. La bestia había atacado.

Pa Elnar envolvió lo que quedaba del bebé. Las moscas, afortunadamente, se dispersaron al hacerlo. Subió el cuerpo, a Ma Elnar y a Verily al carro y cabalgaron en silencio hacia la aldea. El hijo mayor de los Elnar se adelantó para decírselo primero a la familia. El molino no giraría ese día.

Los aldeanos ya se habían reunido en la plaza, solemnes, con miradas que ya sabían lo que estaba llegando. Verily sintió en sus huesos que nadie les había dicho a los aldeanos lo que habían encontrado. Lo sabían por lo repetitivo de la ceremonia. Lo sabían por el paso lento del carro, por su propio rostro pálido, por la nube persistente de moscas que seguían a la procesión.

No lloraron. Tenían los ojos fríos de un pueblo que había visto esto en un momento así y entendía que la única manera de tratar con ello era el silencio. Era tradición hacer un balance de la casa y de los vecinos después de la lluvia. Sabían quién había desaparecido mirándose el uno al otro. No dieron sus pésames a los Reynauld cuando se acercaron al carro antes de que se detuviera. La aldea estaba tan tranquila como un cementerio, incluso cuando la joven pareja, que se había mudado allí unas semanas antes y se había mostrado alegre y entusiasta ante la perspectiva de una tierra fértil, lloraba desconsoladamente por su hijo. Los niños restantes tenían los ojos abiertos por la sorpresa, la señal reveladora de que esta era su primera pérdida

Si no se apegaban a la tradición, no sería la última.

El padre de los Reynauld gritaba que su hijo

había sido asesinado. Que quería que atraparan y colgaran al asesino.

—No podemos hacer eso —dijo alguien en la multitud, acercándose a ofrecer sus condolencias—. No hay justicia que pueda caer sobre la bestia.

—¡Entonces matémosla! —gritó, aferrándose aún más a la cáscara de lo que quedaba de su hijo.

—No podemos matarla. Matarla significa convertirse en ella —dijo Ma Elnar.

—¡Nos iremos! —dijo la madre de los Reynauld.

—No pueden irse. La bestia los seguirá, y entonces no esperará hasta la lluvia —dijo Perth.

El padre de los Reynauld comenzó a acusar a los Elnar de haberlo hecho, ya que su bebé había sido encontrado en su propiedad. Se sentaron allí y lo soportaron, con miradas largas y resignadas en sus rostros. Les dejaron gritar y llorar su rabia, sabiendo que, si los Reynauld no aceptaban la verdad de estas cosas, habría más carros y llanto.

Alguien trajo una manta y trozos de pastel para los niños de los Reynauld. Finalmente, la pareja se vació temporalmente de lágrimas, y alguien más les mostró dónde ir a enterrar los restos. Las víctimas de la bestia tenían su propia tumba, rodeando un gran árbol de flores blancas que se marchitarían en otoño.

Perth se llevó a Verily a casa. Verily se dio cuenta de que cuando había encontrado al bebé, parecía que estaba sonriendo.

Siguieron otras tres lluvias fuertes, y la bestia los visitó solo una vez en ese tiempo. No hubo más muertes, y los Reynauld se habían cortado el pelo para hacer amuletos. Verily trató de seguir con su día a día, aunque estuviera distraída por los pensamientos de la bestia y algo más. Se avecinaba un cambio para ella.

Lo sentía en su estado de ánimo y en su agravamiento, en su inestabilidad. Lo sentía en las noticias de que alguien más se uniría a su aldea, un niño de su edad. Que los Everette tenían un primo joven que tendría que vivir allí porque su padre había muerto de fiebre y no tenía ningún otro pariente.

Más que nada, se encontraba molesta con Ambrosia. Empezaron a pelear constantemente. Tanin decidió que la mejor forma de aliviar esto era hacer que pasaran más tiempo juntas, y lo suficientemente lejos de la casa como para que ella no tuviera que escuchar sus peleas. En los días soleados, las enviaba a hacer largos encargos a la aldea o a los alrededores. Peleaban todo el tiempo. Aunque, en su mayor parte, era Verily la que se molestaba, mientras que Ambrosia le restaba importancia con ese temperamento frío de ella.

Una mañana, Tanin la envió al arroyo cercano a recolectar bayas. No podían regresar a casa hasta que sus canastas estuvieran llenas. Si terminaban, podían ir a nadar si querían. A Ambrosia le encantaba el agua, y corrió hacia el arroyo. Aun así, siempre práctica, comenzó a moverse a través de los árboles y arbustos, recolectando primero las bayas.

Verily se le unió y se movió sutilmente en dirección contraria, recolectado las bayas y perdiéndose en los suaves sonidos del bosque. El aire estaba caliente y calmo mientras iba arroyo arriba, hacia un mirador saliente en el que se convertía en una gran extensión de agua.

El aire cambió. Se sentía espeso y pesado, cargado de un zumbido inexplicable. Era demasiado fuerte y demasiado temprano para que fueran cigarras. Estaba envuelta por el zumbido pesado y antinatural. A unos metros, al borde del arroyo, estaba Ambrosia, con su cabello largo, salvaje y suelto, mirando al agua. Verily tenía una sensación inquietante sobre Ambrosia, *mala*, y podía sentir cómo se levantaba el vello de su nuca, aunque no fuera a llover.

—¿Ambrosia? —dijo.

Ambrosia giró el cuello. Fue la forma en que lo hizo, o tal vez fue porque el aire estaba calmo, como si el agua a su alrededor estuviera conteniendo la respiración. Verily sintió una sensación de alarma bajar por su columna vertebral. Ambrosia cerca del borde de esa roca saliente, el agua poco profunda y llena de piedras afiladas.

—¡Ambrosia! —gritó.

Como un ciervo asustado, Ambrosia se volvió y huyó.

Mientras Verily levantaba el pie para correr tras ella, escuchó una voz inexpresiva a sus espaldas.

—¿Qué? —dijo Ambrosia.

Verily se volvió, confundida por haber visto a su hermana en dos lugares a la vez. La otra no podía haber sido Ambrosia, porque Ambrosia se había cortado todo el pelo. Su hermana la miró con esa mirada de molestia casi de anciana. De sus labios goteaba jugo rojo brillante de las bayas que sin duda había estado probando. Sobre las bayas de su cesta había un conejo muerto.

—¿Qué es eso? —preguntó Verily.

—Atrapé la cena. Mamá puede hacer pastel con esto. —Ambrosia volvió los ojos hacia el agua—. Vamos. A nadar.

Antes de que Verily pudiera responder, su hermana ya se estaba quitando las botas y el vestido para meterse al agua. Había colocado su canasta con el conejo retorcido junto a sus botas. Ambrosia era estoica la mayor parte del tiempo, una niña demasiado seria para sentirse como una niña, excepto cuando estaba en el agua. Entonces era como cualquier otro niño durante las estaciones calurosas.

Verily colocó sus canastas y ropa juntas antes de saltar detrás de ella. Pasaron el día hasta el atardecer flotando y tirándose agua la una a la otra. Sus risas y gritos resonaban en el pequeño estanque. Fueron horas doradas, gloriosas, en las que ninguna notó un par de ojos que las miraban desde las sombras de un árbol. Una mosca se posó sobre el cadáver del conejo.

* * *

Llovió durante cuatro días seguidos. Días como este significaban que las familias estaban encerradas demasiado tiempo y, a veces, se desesperaban por separarse. Se volvían imprudentes y salían afuera en el aguacero para escapar de las canteras cercanas. Esos fueron días en los que la bestia atacó.

La primera de sus víctimas fue un anciano, Entrato, que tuvo una fuerte pelea con su esposa y decidió que la bestia sería mejor compañía. O al menos eso es lo que le gritó antes de salir hacia la oscura lluvia torrencial. Encontraron lo que quedaba de él al otro lado de un árbol alcanzado por un rayo. Su esposa miró sus restos y lo llamó un estúpido.

El segundo fue un joven unos años mayor que Verily llamado Puck, que creía haber visto la sombra de la bestia y dejó a su familia en una rabieta, cansado de sus burlas, decidido a demostrar su valentía. Encontraron su cabeza en una parte de la aldea y el resto de su cuerpo en otra. Su padre estaba inconsolable, y pasaría el resto del verano bebiendo hasta el olvido.

De todas las temporadas lluviosas, esta era sangrienta. Debido a esto, había más tensión y peleas en la aldea. Ambrosia y Verily escapaban lo más posible al bosque en días secos. A menudo se separaban, Ambrosia para explorar cerca en caso de peligro, mientras que a Verily le gustaba sentarse debajo de los árboles y dibujar en la tierra. O trepar. Sentada en un arce grande y viejo, vio algo que se movía a lo largo del arbusto de bayas y se quedó quieta. Era un chico, de su edad, acechando en el bosque, con aspecto cauteloso. Su nariz se movía como si fuera un animal, olfateando el aire.

—¡Hola! —dijo ella. Saludó con la mano desde su rama.

El chico se sobresaltó, listo para correr.

—¡Espera! ¡No te vayas! Tú debes ser pariente de los Everette, ¿no?

Él la miró fijamente. Tenía el cabello oscuro de los Everette, todo recogido en una larga trenza por la espalda, y su constitución escuálida. Tenía los ojos grandes y marrones como la savia del árbol en el que estaba trepada. Lentamente, asintió con la cabeza.

—Tu nombre es Hermano, ¿cierto? —preguntó Verily. Volvió a asentir lentamente, sin apartar los ojos de ella. Verily se dejó caer al suelo frente a él y le tendió la mano—. Soy Verily.

Él no le tomó la mano, solo la miró y asintió.

—No hablas mucho, ¿eh?

Él abrió y cerró la boca varias veces antes de responder.

—Yo hablo.

Su voz era suave y rasposa, seca como una rama quemada por el sol.

Era el turno de Verily de callar y asentir con la

cabeza. Miró el resto del bosque y trató de pensar en cosas para hablar, o cosas que mostrarle a este recién llegado. No había muchos niños de su edad en la aldea, y estaba desesperada por estar cerca de alguien que no fuera Ambrosia. Sin alternativas, volvió a lo banal.

—¿Te gusta la aldea?

Él sonrió, y a los ojos de Verily, era como si el sol le saludara por la mañana. Tenía medio hoyuelo en una mejilla, y ella quería apoyar la yema de su dedo meñique en él. Su voz era un susurro continuo y sinuoso.

—Me encanta. Me gusta toda la comida, y las flores son agradables a la vista.

—¿Alguna vez has probado nectarina fresca? —preguntó ella, rebotando en las plantas de los pies, entusiasmada por compartir su pequeño secreto con él.

Hermano sacudió la cabeza.

—¡Bueno, ahora tienes que hacerlo!

Ella lo agarró de la mano y lo arrastró colina arriba, detrás de un terraplén rocoso, hasta un claro soleado que Verily y Ambrosia habían descubierto hace años. En el centro había un gran árbol de nectarina, su fruto como orbes dorados y regordetes. Escogieron algunos, los esparcieron por el suelo y se dieron un festín. Sus dedos y bocas goteaban con dulzura cítrica hasta que el sol comenzó a ponerse.

Así fue gran parte de la temporada de lluvias. Los días soleados los pasaban vagando por el bosque. Cuando Ambrosia se iba, Verily se escabullía para encontrarse con Hermano al final del viejo sendero. Exploraban el bosque que ella había visto miles de veces y que ahora estaba descubriendo nuevas cosas junto a él. Él le enseño diferentes formas de preparar plantas o encontrar huevos frescos. Ella le contó todo sobre sus lecturas, o los nuevos juegos que se le ocurrían. En su mayoría, Hermano no hablaba, pero le gustaba escucharla hablar. Y Verily lo hacía lo suficiente por los dos.

Hermano tenía su propia forma de comunicarse. Señalaba e imitaba algo con sus manos cuando no sabía las palabras. También tenía la costumbre de hacer caras graciosas, como si se estuviera acostumbrando a mover los músculos de la cara y a hacer diferentes expresiones. Verily disfrutaba el hecho de que estaban haciendo su propio pequeño idioma juntos.

Sin embargo, él nunca quería ir a nadar.

En días lluviosos, se acurrucaban en casa, y Verily rezaba para que la bestia no encontrara a Hermano. Se preguntaba si él también estaría pensando en ella.

Una vez lo vio en un viaje a la aldea con su padre. Llegaban cabalgando para entregar fanegas y cartas al correo cuando, al otro lado del camino, vio a Hermano caminando con el mayor de los Everette. Se veía diferente; se había cubierto la cabeza con una gorra ajustada que le hacía preguntarse cómo había metido todo su largo cabello oscuro en ella. Tenía las cejas fruncidas, la mirada enfocada. Ya no estaban la sonrisa abierta o los ojos curiosos.

Verily le saludó desde el otro lado de la plaza y lo llamó por su nombre. En lugar de responder, Hermano inclinó la cabeza, confundido, y la miró con los ojos entrecerrados. Luego siguió al mayor de los Everette a la tienda general. Ella saltó del carro y saludó más, y aunque él se volvió hacia ella, solo frunció el ceño por la ventana y volvió a sus asuntos.

Ella dejó caer el brazo. La única forma de interpretar eso era como rechazo. ¿Estaba avergonzado de conocerla? ¿De ser su amigo? Claro, su hermana era un poco extraña, y ella solía ser quisquillosa, pero ¿qué podía ser lo suficientemente vergonzoso como para que él ni siquiera se dignara a ofrecerle ni un poco de amabilidad? Ella no podía escucharlo, aunque podía verlo hablar libremente con uno de los otros Everette. ¿Por qué podía hablar con ellos y no con ella? Parecía más adulto de lo habitual, y eso le hacía sentir como una niña pequeña.

Al día siguiente, cuando se escabulló al bosque, Verily se acurrucó a la sombra de un gran cornejo, dibujando figuras enojadas en la tierra. Hermano le dio unos golpecitos en el hombro y ella se encogió de hombros. Él volvió a darle una palmadita y ella, enojada, miró por encima del hombro.

—¿Qué? —dijo ella.

Hermano parecía herido y confundido.

—Tú eres el que me ignoró ayer. ¿No te agrado? —dijo ella. Sus ojos ardían y no podía explicarse, ni siquiera a ella misma, por qué sentía como si alguien le hubiera empujado en el pecho.

—Me agradas —dijo él en voz baja. Hermano se quedó allí parado un minuto, sin saber qué hacer y moviendo las manos, inquieto. Mientras ella continuaba ignorándolo a la fuerza, él la dejó sola con su rabia.

Cuando él regresó, un poco más tarde, había recogido una colección de fruta dulce, un faisán recién matado y algunas flores que dejó a sus pies. Ella lo miró todo, la comida perfecta y el faisán que tendría que ser desplumado y las flores, aplastadas por cómo él había intentado llevarlas. Ella se rio. Se rio hasta que le salieron pequeñas lágrimas que corrieron por sus mejillas. Hermano también rio, con un extraño rebuzno gutural. Se rio un poco como una cabra, y esto hizo reír aún más fuerte a Verily, hasta que ambos se derrumbaron en el suelo y se agarraron los estómagos.

Recogieron la fruta y se la comieron. Ella empacó el faisán y lo puso en su canasta con algunas de las flores. Algunas se las puso en el cabello. Luego le ofreció la mano y caminaron juntos a través del bosque hasta el arroyo. Hablaron un poco sobre las cosas que los rodeaban, aunque ella solo participó a medias en la conversación. Verily luchaba principalmente con el descubrimiento de que estaba experimentando sus primeros y verdaderos sentimientos de adulta. Era agradable estar cerca de Hermano, por más raro que fuera. Y debajo del chico torpe había un corazón amable. Contempló que fuera a su casa a comer y trató de pensar en maneras de explicarle esto a sus padres.

Se detuvieron mientras pájaros negros volaban encima de ellos, y Hermano la miró. Se oyó de nuevo ese estruendo bajo, que Verily había comenzado a aceptar como el sonido general del verano. Su rostro era suave, y tenía ese pequeño y delicado hoyuelo que sobresalía. Se acercó a él, con la esperanza de que él pudiera leer su expresión y que no sería una gran imposición poner sus labios sobre los de él.

Antes de que sus labios se tocaran, miró hacia un lado y, en la sombra de un charco de agua, vio su reflejo tomando la mano de algo que no era Hermano.

Verily se echó hacia atrás y miró de nuevo. Su reflejo estaba allí. Frente a ella, con los ojos enrojecidos y la postura encorvada, sostenía sus manos en una figura gigante y retorcida, con la boca ancha y los cuernos de carnero torcidos. El cuerpo de la cosa era demasiado grande y esquelética, las crestas de sus huesos estiraban la piel fina y gris. Sus dientes brillaban a la luz. Verily estaba sosteniendo las garras de la bestia.

—¿Qué? —Ella comenzó a retroceder. Lentamente, al principio, y mirando constantemente del reflejo a Hermano.

Él se veía confundido. Luego miró el agua y se dio cuenta de qué veía ella. Sus ojos se volvieron grandes y salvajes, y de su garganta surgió un ruido adolorido. Se dirigió hacia ella.

Verily se volvió para correr, sus pies golpeaban la tierra mientras Hermano la perseguía. Ya no estaba el rostro enojado y hambriento de la bestia. En cambio, había un chico alterado persiguiendo a su enamorada, con una mirada trágica en el rostro. Verily lo ignoró y corrió rápidamente hacia Ambrosia, que se dio la vuelta al acercarse.

—¡Corre! ¡Es la bestia! —gritó Verily, acercándose a ella con rapidez.

Ambrosia se quedó allí, incluso cuando Verily se detuvo y trató de tirar de ella. Estaba inmóvil como una roca.

Hermano se detuvo a unos metros de distancia, restregándose las manos, saltando de un pie a otro, sin saber qué hacer más allá de una persecución cuando no tenías la intención de matar a tu presa.

—A veces, los recuerdos se sienten como sueños— dijo Ambrosia.

Verily miró de Hermano a Ambrosia. Cuando parecía que Hermano mantendría la distancia, ella soltó un poco a su hermana.

—La única forma en que podemos caminar durante el día es por el cabello. Nos da un rostro y detiene el hambre. Todo se revela en el agua. Todo. —

Ambrosia miró a los ojos de su hermana. Verily podía ver una sombra en sus facciones, salvaje y terrosa, que Ambrosia había considerado oportuno dejar ver por fin. Era como si Ambrosia se estuviera convirtiendo en lo que siempre estuvo destinada a ser, y se sentía aún más mayor que antes—. Se necesitan trece. Doce comidas porque el hambre es insaciable. Nos alimentamos en cualquier oportunidad. El hambre es terrible, y es lo único en lo que podemos pensar cuando el agua nos revela. El decimotercero se convierte en el nuevo cuerpo. Tomamos la forma y los recuerdos cuando lo comemos entero. Cada uno de nosotros sabe esto.

Hermano se sentó en sus ancas mientras escuchaba a Ambrosia, extasiado y calmado por lo que estaba diciendo.

Ella continuó:

—Todos ustedes dormían antes de que yo abriera la puerta, y creo que tal vez la tormenta había derribado un clavo de hierro para dejarme entrar. Me alimenté de otros doce a lo largo de los años, y sabía que este sería mi último y mi nuevo cuerpo. Este cuerpo era pequeño cuando lo tomé, un recién nacido. Casi tomo el tuyo en su lugar, en vez de molestar a este bebé todavía dormido en el pecho de Tanin. El bebé significaba que podría tener más años como persona, y quería una vida plena. Cuando lo tragué entero y el cuerpo se volvió mío, tuve todos estos recuerdos y sentimientos confusos. Yo... no me había dado cuenta de que era diferente hasta que tú te despertaste con mis gritos y me separaste de Tanin. Me abrazaste hasta que me volví a dormir. Todos sus... mis recuerdos antes de eso son confusos.

—¿Ambrosia? ¿Eres...? —comenzó Verily.

—Lo era. Era uno de ellos. Lo que ustedes, nosotros, llamamos la bestia. Hay solo uno a la vez. Cuando completamos el ciclo y nos convertimos en persona, llega otro. Eso me pasó a mí. Esto le pasó a nuestra madre, antes de que naciéramos. Sucede cuando la bestia se ha alimentado de doce y toma el cuerpo de su decimotercero.

Verily se sentía mareada. Y confundida. Su hermana, a quien amaba y odiaba como una hermana, había sido una bestia. Miró de Ambrosia a Hermano.

—¿Y qué significa eso para él?

—Camina por lo que se le otorgó. El cabello es insignificante, pero nos calma. Las ofrendas que clavamos en la puerta pueden darnos... darles forma temporal, un cuerpo para caminar en la luz del sol y detener el hambre. —Ambrosia le habló directamente a Hermano—. ¿Cuántos has comido?

Con un dedo, Hermano marcó pequeñas líneas en la tierra. Verily se acercó lentamente, seguida por el paso brusco de Ambrosia. Miraron al suelo, donde había doce marcas pequeñas.

—Está por terminar. Su próxima comida será su nuevo cuerpo. Has estado practicando en este cuerpo durante mucho tiempo. Es mucho del mismo cabello. ¿Por qué?

Hermano levantó la cabeza en dirección a Verily.

Una sonrisa demasiado infantil se extendió por los labios de Ambrosia cuando miró a Verily. Era desconcertante.

—Le gustas —dijo ella, canturreando.

Verily se ruborizó. Se sentía atraída al chico delante de ella, que resultó ser el objeto de sus mayores temores. Como suele suceder.

Aunque era la revelación sobre su madre y su hermana menor lo que más le sorprendió. La hermana pequeña a la que había tomado de la mano en el mercado de la aldea, que arrojaba bolas de nieve en invierno, que se quedaba dormida en su regazo mientras le leía cuentos antes de acostarse. Que era una bestia.

—¿Vas... vas a comerme? —le dijo Verily a Ambrosia.

Ambrosia le dio una palmada en el brazo a su hermana.

—No. Una vez que tomamos la nueva forma, el hambre desaparece.

Verily se volvió a la bestia.

—¿Y tú?

El chico que una vez pensó que era Hermano se encogió de hombros, luego negó con la cabeza y la miró. Abrió y cerró la boca varias veces con un sonido sibilante. Y luego miró a Ambrosia con ojos de perrito.

—No quiere; el agua lo revela todo. El agua trae el hambre, y no puede detenerse hasta que se alimente —tradujo Ambrosia—. Sin importar quién esté allí. No puedo explicarlo, duele no comer en una manera que sea diferente a este cuerpo.

—Y si vuelve a comer... ¿será como nosotros? ¡Tendría que matar a alguien!

Verily tiró de su falda. Frustrada tanto por su enamorado errante y el deseo de mantener a este chico bestia en su vida.

Ambrosia inclinó la cabeza de un lado a otro.

—No es... no es así. No nos comemos al último como a los demás. Me convertí en lo que soy por lo que era. Tengo los recuerdos de ambas. Tengo los sentimientos de ambas y eventualmente eso se convierte en una sola persona. No tengo hambre. Y puedo meterme en el agua. Me siento... Me siento como Ambrosia con los recuerdos de lo que fui, también.

La bestia Hermano arrancó una maleza cercana, una adornada con una pequeña flor blanca, y caminó hasta Verily. Extendió el brazo y dijo con voz rasposa:

—Lo siento.

Verily la tomó.

—¿Qué pasa cuando termina la temporada de lluvias?

—Dormimos y soñamos con cosas que crecen. —Ambrosia miraba al arroyo.

Verily tomó la flor y la colocó en su cabello, reconociendo su perdón. Tal vez el chico era una bestia, pero ella lo llegó a conocer mejor como el amigo que le traía pequeños regalos y escuchaba sus divagaciones con gran atención. A veces, él pasaba sus largos dedos por el cabello de ella con fascinación, y ella no podía reconciliarlo con la sombra con garras que había visto en la lluvia. Necesitaría tiempo para pensar qué hacer al respecto.

Distraídamente, agarró la mano de él, olvidándose que debajo de la piel había manos huesudas. Debajo del rostro, mandíbulas dentadas.

* * *

Hubo dos días más de lluvia intensa cuando se acercaban al final de la temporada de cultivo. En los breves momentos intermedios, Verily y Ambrosia recogieron manzanas en el huerto. A veces, Verily observaba a Ambrosia con cautela, la forma en que trepaba un árbol o las veces que arrancaba una manzana de su tallo en busca de alguna señal de diferencia. Era como siempre había sido.

EN AUSENCIA

No hubo muertes en la aldea.

Una noche, mientras todos dormían profundamente, Verily se despertó con el vello en la nuca levantado. Dejó el altillo y salió por la puerta a la noche en espera. Sería la última tormenta del verano; podía sentirlo en sus huesos. Sabía en sus entrañas que tenía que llegar a la casa del verdadero Hermano antes de que la lluvia cayera.

Corrió tan rápido como pudo, siguiendo el rayo en la distancia. Corrió a pesar de no estar completamente segura hacia dónde corría, y a pesar del hecho de que podía sentir la lluvia cada vez más cerca. Su miedo era algo pesado en la garganta que ignoró mientras corría hacia la lluvia que se avecinaba, y hacia donde sabía que estaría la bestia.

Cuando llegó a la casa de los Everette, el trueno ya estaba retumbando, y pudo sentir las primeras gotas mezclándose con su sudor. Se arrastró alrededor de la modesta cabaña y se asomó por las ventanas. Ninguno de los Everette parecía estar despierto. Hubo un gran destello y empezó a llover. Más allá de ella, en un bosquecillo de árboles, lo vio a él, a la bestia, mientras caminaba, descomunal, hacia ella.

—¡Espera! Si te dejo entrar, ¿puedes convertirte en él? —le gritó por sobre el fuerte ruido sordo de la lluvia. Hubo otro estruendo sobrenatural que precedía a la bestia y que le hizo vibrar hasta la médula. Solo tenía los ojos llorosos y era valiente sabiendo que conocía a esta bestia. Le dio la fuerza para esperar antes de salir corriendo.

La bestia se detuvo, y con movimientos lentos e invisibles, casi indescifrables en la oscuridad, la miró y asintió con la cabeza.

Verily se volvió, temblando, hacia la puerta de entrada. La bestia acechaba su camino, necesitaba hacerlo rápido, o terminaría siendo la comida de la bestia. Se subió a una barandilla lateral, y gradualmente estiró una mano extendida y resbaladiza para sacar uno de los clavos de hierro que sostenían una trenza. Verily se tambaleó, y sus dedos no llegaron a agarrar el clavo más cercano. Detrás de ella, el estruendo de la bestia se acercaba. Cuando se volvió para mirar detrás de ella, pudo ver el destello de sus dientes puntiagudos. Sus garras chasqueaban y merodeaba bajo la lluvia. Tenía que darse prisa.

Se rompió el borde de la uña cuando al fin logró sacarlo. Se lo guardó en el bolsillo y bajó de un salto. Con él, se guardó también la culpa. Tal vez estaba sacrificando a este chico, o tal vez le estaba otorgando nuevos recuerdos; se negaba a pensar demasiado en ello.

La bestia se había acercado, luchando contra sus propios movimientos. Verily no se quedó. Corrió y no miró hacia atrás hasta que estuvo de vuelta en su casa. Corrió lo más rápido que pudo para no ser testigo de cómo la bestia atravesaba la puerta y encontraba a un chico dormido. O cómo levantaba al chico por los tobillos, destrababa la mandíbula, transformando su boca en un enorme foso, y lo tragaba entero, sus gritos amortiguados en el estómago de su nuevo poseedor.

Ella corrió, la lluvia se llevó su pesar. Disfrutó la sensación estimulante del agua mientras mojaba su piel por primera vez.

Cuando llegó a casa, Ambrosia estaba despierta y esperando. No se dijeron nada la una a la otra, mientras Verily se cambiaba y se arrastraba a la cama junto a ella. Ambrosia le tendió la mano, y Verily la sostuvo mientras se quedaban dormidas.

* * *

La temporada de lluvias había terminado, y había un festival cada año que marcaba el final del terror de la bestia. Verily se sentó en una colina con vista al pueblo mientras erigían una gran efigie de paja que sería quemada esa noche. Tenía casi la forma de un hombre con cuernos de carnero rizados y una cara pintada terroríficamente.

Hermano y Ambrosia se sentaron a su lado. Comían bollos calientes, cortesía de los Elnar. Ma Elnar le había tomado un cariño especial a Hermano, de quien comentó que era un chico muy agradable, aunque callado, ya que él le ayudó a descargar sus mercancías para el festival con sorprendente presteza.

Repartida en una gran mesa comunitaria, había una muestra de las bonanzas del año. Cada fruta, vegetal y cerdo engordado eran perfectos. Podían oler el pollo asado desde donde estaban, y a Verily se le hizo agua la boca. Cerca del asador estaban los Reynauld, que encenderían la efigie este año, ya que su hijo había sido la primera víctima de la temporada. Sus cabellos estaban cortados, y todavía se veían como si apenas dormían. En realidad, nunca dormirían. Ahora mantenían las tradiciones seriamente.

Verily tomó un bocado de su dulce y miró el gran árbol blanco en el cementerio especial. Los pimpollos ya habían comenzado a caer, las flores decorando las tumbas como pequeños pájaros caídos. Una de las tumbas frescas con tierra nueva era la del bebé que había encontrado, comido por la bestia sentada a su lado, rasgando su propio bollo de miel. Él la miró a los ojos y sonrió, luego robó un trozo de su bollo y se lo metió en la boca, con una mirada burlona en el rostro. Ella sonrió.

Observaron a la gente de la aldea y Verily se preguntó cuántos de ellos habían sido bestias en otro momento. Había intentado preguntarle a su madre sobre ello y solo había logrado una tos amortiguada en su intento. Tal vez nunca lo haría. Con este conocimiento, la gente a su alrededor había adquirido un nuevo color. Sus vecinos, sus seres queridos, cualquiera de ellos podría haber sido la bestia, y ella nunca habría conocido el secreto, si no se hubiera hecho amiga de un chico extraño.

—¿Crees que ya hay uno nuevo? —preguntó, viendo a su padre apilar uno de los últimos haces de madera bajo la pira.

Hermano se lamió la miel del pulgar y asintió con la cabeza.

Ambrosia se hizo sombra con la mano y miró a lo lejos, más allá del pueblo.

—Oh, sí —dijo ella—. Porque siempre debe haber una bestia.

EL DIABLO SE SENTÓ EN EL ÚLTIMO BANCO

El Diablo se quedó en la parte trasera de la Iglesia Presbiteriana Unida de Corea mientras la congregación entraba. La gente se saludaba y el coro se acomodaba a los lados. Llamaba la atención, con el aspecto de una mujer blanca, alta y delgada con largo cabello rubio que caía en una cascada por su espalda. Vestía un ajustado vestido peplo blanco y se mantenía erguida mientras la gente le sonreía amablemente, y luego apartaba la mirada rápidamente.

El Diablo era visible y, aun así, invisible.

—¿Por qué no nos hiciste coreanos? —dijo el demonio a su lado.

Dirigió una mirada a Crib, abreviatura de Cribald, con su traje arrugado. Era un demonio de nivel inferior, prescindible, pero, ¿cuál no lo era? Crib, como todos los demonios, no tenía problemas para responder a la autoridad. Ella lo prefería así. No exigía lealtad inquebrantable ni deferencia a la autoridad, *a diferencia de otros*.

—No puedo mezclarme sin importar lo que haga. No hay razón para empezar a hacerlo ahora.

—Bueno, te ves como la esposa estirada de un ministro evangélico. —Se estremeció de disgusto.

—Bien —dijo ella, saludando a un bebé que espiaba por sobre los hombros de su padre—. Y tú te verías como un buen ministro si pudieras pararte derecho.

Crib no se vería de esa manera, aunque lo intentara. Era su primera vez con aspecto de humano, y no estaba acostumbrado al disfraz. Aun así, claramente lo disfrutaba. En el poco tiempo que había tenido el cuerpo, se había colado en el baño para masturbarse y se había fumado un cigarrillo afuera. Los demonios raramente tenían esta oportunidad, y estaba ansioso por divertirse como pudiera en la presencia de su dios.

Quería encorvarse, caminar sobre sus nudillos como estaba acostumbrado, pero ella había dejado en claro que tal cosa no sería tolerada. Eso no impidió que su camisa color melocotón, su corbata negra y su cabello rojo se desarreglaran. El Diablo trató de que eso no le molestara. Después de todo, él le estaba haciendo un favor al hacerle compañía en esta excursión.

—Entonces, eh, ¿jefa? —Se rascó la cabeza, echando de menos sus pequeños cuernos—. Solo para tener claras las reglas. ¿Cómo logramos entrar aquí? ¿Es por los cuerpos?

Al llegar, Crib había dudado hasta que el Diablo cruzó el umbral de la iglesia recién construida. Se había demorado mientras caminaba sobre el tapete con el nombre de la iglesia en Hangul y una gran cruz.

—Si la tierra consagrada pudiera detenernos, ¿no crees que habrían bendecido el mundo entero? —Ella sonrió, la sombra de los colmillos imperceptible en el disfraz—. Evitamos estos lugares porque generalmente son aburridos. Pero esta noche no vamos a cazar, Crib.

—Entonces, ¿por qué estamos aquí? ¿Vas a hacer un trato? —Se frotó las manos, los ojos azules con un toque de rojo demoníaco, inspeccionando a la multitud en busca de víctimas susceptibles.

—No. Estamos aquí para ver un espectáculo.

Se sentaron en la parte de atrás, el último banco a la izquierda, a cierta distancia de los otros miembros de la congregación. Filas de miembros de la congregación vestidos de blanco y negro se callaron cuando el pastor subió al escenario para empezar el servicio. El concierto de navidad era uno de los eventos más concurridos y festivos para la Iglesia Presbiteriana Unida de Corea de Orlando. Otras congregaciones coreanas, tanto de todo el estado como de otras ramas, solían viajar y presentarse. Asistían coros metodistas, bautistas y católicos, y cantaban el evangelio en coreano, con programas en Hangul e inglés.

A su lado, Crib se movió en su asiento, claramente aburrido con la primera interpretación del coro de *Noche de Paz*. El Diablo estaba absorta, esperando la actuación por la que había dejado el Infierno. Frente a ella, las historias de los congregantes se exhibían con una claridad resplandeciente. Había varios que vería en el futuro.

En la tercera fila había una mujer que había estado robando de los ahorros de su madre para pagar sus deudas de juego. Había un adúltero serial en el centro del quinto banco; una de sus amantes estaba en el piano. A uno de los pastores le gustaban las niñas menores de edad. Luego, cuando el coro de jóvenes comenzó a cantar, una de las cantantes se movió sobre sus tacones cortos, tratando de no irritar el moretón en su muslo. Un moretón de su padre, sentado en la primera fila, de cuando se había enterado de que había estado besando a una chica. Podía ver que el padre sería uno de sus residentes pronto.

El infierno estaba siempre lleno por una buena razón. No estaban más allá de la redención. Pero tendrían que querer ser redimidos. Tendrían que pedir perdón a aquellos a quienes lastimaron, tendrían que cambiar. Lo peor de todo, admitir sus culpas, algo en lo que los humanos no eran aptos.

—¿Podemos irnos ya? —Crib se rascó un lado; una mueca evidente cuando el coro de adultos mayores subió al estrado.

Ella se pasó el cabello por encima del hombro y se sentó con la espalda recta.

—No, la actuación aún no ha terminado.

Finalmente, una mujer salió mientras el último grupo de adultos mayores terminaba de bajar del escenario. Vestía un hanbok de color verde terroso brillante y blanco. Un broche rojo con una cruz adornaba una esquina para hacerlo ver más navideño. Se sentó en un gayageum y comenzó a tocar «La Vasijita de Barro». Sus elegantes dedos punteaban el instrumento, el sonido reverberando a través de la iglesia. Había talento en la ejecución de la intérprete. Cada sonido melódico se extendía, reconfortando a la audiencia.

El Diablo cerró los ojos, dejando que la música fuera el centro de su atención. A su lado, Crib seguía inquieto, pero había momentos en los que incluso él se quedaba quieto.

La intérprete terminó demasiado pronto, inclinándose ante los aplausos y haciendo lugar para que entrara el elenco final. El coro más grande cantó un popurrí de favoritos navideños y se detuvo antes de la última canción.

El pastor principal se paró en el púlpito para repartir las bendiciones.

—¡Alegrémonos todos! —dijo en coreano y luego en inglés—. ¡Que Jesús es bueno y misericordioso!

El Diablo levantó las manos, una sonrisa en los labios, la imitación perfecta de los devotos. «Ese mocoso era insoportable», pensó.

—Amén —dijo ella.

El coro cantó «*God Rest Ye Merry Gentlemen*» antes de terminar. La gente empacó sus cosas y se dirigió al área de recepción para tomar un refrigerio ligero y socializar. El Diablo detuvo a Crib. A su lado estaba una pareja joven con un bebé recién nacido, que comenzó a llorar tan pronto como lo movieron. Su madre lo meció, tratando de calmarlo.

El Diablo miró a la madre a los ojos.

—¿Puedo?

Lo que fuera que pensó la madre, ciertamente era una forma de «no». No quería entregar a su bebé a una desconocida, menos aún a una extraña mujer blanca. Pero la sonrisa del Diablo era cautivadora, sus dientes blancos y sus labios rosados. Asintió y le entregó a su bebé.

Los largos dedos del Diablo tomaron el torso del bebé, y lo acurrucó en su hombro. Crib se lamió los labios, pensando que pasaría algo divertido, pero nadie pareció notarlo. Porque tan pronto como había comenzado su llanto, se detuvo una vez que el Diablo lo balanceó de un lado a otro tarareando «Noche de Paz». Estaba tranquilo cuando fue devuelto a su sorprendida y agradecida madre. Crib no podía ocultar su decepción.

El dúo se saltó la recepción.

—¿A dónde vamos ahora, jefa? —dijo Crib, con la corbata completamente suelta y su andar empezando a parecerse al de un lagarto.

—A casa.

—¿A casa? —chilló, dando una patada al pavimento empapado de lluvia—. ¡Pero no hicimos nada divertido! ¡No hicimos ningún trato! ¡No creamos problemas! ¿Para qué diablos vinimos?

El Diablo detuvo el paso y se volvió para mirar a su compañero. Respiró; el aire estaba húmedo con el aroma persistente del combustible. El asfalto mojado reflejaba las luces de la calle y del semáforo cercano. Estaban bañados en luz amarilla, muy pronto roja.

Cuando lo miró, vio bajo el disfraz al pequeño subordinado con escamas y colmillos que era. Una criatura miserable; pero todas sus criaturas eran miserables por diseño. Miserable, pero lo suficientemente horrible como para ser notable y hermosa para ella.

—Hace unos años, en una de mis excursiones, me encontré con una niña sentada frente a un gayageum, tratando de tocar, pero no tenía maestros y sus dedos sangraban por el ejercicio. Estaba lo suficientemente desesperada como para destruir sus delicadas manos para crear música.

Crib se rascó el estómago con la mano en posición de garra.

—¿Le ofreciste un trato?

—Su pasión provenía del amor. Simplemente amaba la música. Le di el don libremente. No le pedí nada a cambio. La mujer que tocó esta noche era su descendiente. Han pasado el don, desvaneciéndose, generación a generación.

—¿No le pediste *nada*? —Crib ni siquiera intentó disimular su disgusto.

La luz volvió a cambiar.

—Sabes, ese es mi secreto. A veces calmo a un bebé porque puedo. A veces quiero escuchar música. A veces quiero estar entre ellos y ver el amor y la pasión. A veces todo lo que quiero es una canción. El secreto más grande que guardo es que, a veces, sin ninguna razón, soy agradable.

—¿Por qué me lo cuentas?

Crib se estremeció de ira.

—Porque, Cribald, nunca se lo dirás a nadie.

El Diablo levantó una uña arreglada y la presionó directamente en su pecho. De él, salió fuego y cenizas, envolviendo al demonio en forma humana. Estaba demasiado conmocionado, el efecto demasiado rápido, para llegar a gritar. Lo único que quedó fue un montón de cenizas empapadas en el asfalto, y una hebilla de cinturón.

La luz cambió, y el Diablo caminó en la noche, silbando «La Vasijita de Barro».

DE LA MEMORIA

La fruta me había hecho mal. Tosí las semillas y toqué mi vientre, la quietud aún allí. El gato canoso me arañó el pie para llamar mi atención, y luego me llamó para que lo siguiera. Pasamos los árboles nudosos hacia un vecindario viejo y abandonado. El pavimento estaba caliente y agrietado, cubierto de arena y tierra. Las casas se veían todas iguales, los mismos techos de asfalto sobre casas pequeñas. Los mismos tipos de basura de jardín, plantas viejas en llamas y juguetes.

A pesar de que parecía que no había nadie en ninguna de ellas, aún hice el esfuerzo de llamar a cada puerta antes de entrar. El gato entró delante de mí y comenzó a saltar sobre los mostradores para arañar los armarios. Debía tener hambre, así que abrí una de las puertas buscando comida para la criatura. No había nada de comida. Los armarios estaban llenos hasta el tope de infinitas páginas garabateadas. Páginas que estaban guardadas con tanta fuerza y precisión que, cuando abrí los armarios, se desparramaron por la cocina. En cada página parecía haber un área para una foto, pero no tenían ninguna. En cambio, estaban cortadas u oscurecidas con marcadores. Había nombres, descripciones, historias enteras en estas páginas, pero no podía encontrarles ningún sentido. Frustrada, rompí las páginas vacías. Rompí las caras tachadas y censuradas hasta que muchas eran trozos a las que el gato daba zarpazos juguetonamente.

El gato me condujo en una búsqueda interminable e infructuosa para tratar de encontrarle algo de comida. Maullaba tan fuerte y enojado que temí ser su próxima comida. Pero casa a casa, no encontramos nada. Se rindió en la cuarta casa, aunque parecía que alguien había cocinado allí, porque en el mostrador había latas abiertas y lavadas de maíz y frijoles verdes, y una bolsa de plástico con las cáscaras de los frijoles pelados sobre la mesa. Pasé los dedos por las cáscaras de la bolsa, y podría haber jurado que oí una voz que me decía una vieja instrucción que podría haber escuchado antes. Pero no había comida.

Estas casas abandonadas no me eran desconocidas. Había juguetes en el suelo de las salas de estar que cosquilleaban mi memoria. Había ropa en los cajones y armarios que debía haber acariciado antes, o estas manos lo habían hecho, porque pasaban los dedos por las telas con trazos y hendiduras idénticas.

Exploramos las casas, familiarizándonos con los espacios, asomándonos a los marcos desnudos con la esperanza de saber. Estaba silencioso, excepto por la ocasión en que habría jurado que escuché que me llamaba una figura que estaba fuera de mi alcance.

Llegamos a la última casa, arrastrando los pies en el tejido de la alfombra roja arruinada. El viejo gato se sentó en la alfombra frente al televisor, y sin nada más que hacer, encendí el aparato y dejé que las manos eligieran el programa. El gato yacía en mi pecho mientras las manos lo acariciaban y mirábamos los programas sucederse uno tras otro. Sentía que había soñado con estos programas algún tiempo atrás.

CAZANDO IGUANAS

A Hilda le había quedado una mancha roja del mosquito que había aplastado contra su muslo. Limpió los restos en el borde de su pantalón corto. Todavía estaba fresco, lo suficiente en la humedad y el sol que se levantaba lentamente.

Bianca todavía se estaba rociando con repelente y se estaba colocando su tercera capa.

—Estos bichos estúpidos me encontrarían en cualquier parte —murmuró. Era cierto; a pesar de sus capas, había una roncha gigante hinchándose en la base de su cuello.

—Eso es porque comes muchos dulces —dijo Gretchen. Estaba empujando los remos, preparándose para lanzarlos en las tranquilas aguas que llegaban perezosamente a la orilla.

—*«Eso es porque comes muchos dulces»* —dijo Bianca en una pantomima aguda—. Sabes que eso es mentira, ¿no? Supersticiones.

—Todo lo que hacemos son supersticiones y, aun así, tu culo gordo está aquí como el resto de nosotras.
—Gretchen arrojó su mochila a la parte trasera del bote.

Bianca tiró arriba su repelente.

—Solo estás celosa de mi culo gordo. —Ella entró después, haciendo una pausa mientras Gretchen daba una palmada al requerido «culo gordo».

—Debe ser eso —dijo Gretchen, mientras se daban empujones en el bote que se mecía como lo hacen dos personas que se conocen desde siempre. Personas que tenían planeado conocerse para siempre.

Hilda se subió cautelosamente después, y Gretchen zarpó en el pantano. Bianca e Hilda tomaron los remos y remaron en las aguas poco profundas adentrándose en la maleza. Estaba lo suficientemente fresco como para que Hilda se dejara puesto su suéter fino, aunque sus brazos ardieran por el esfuerzo.

—¿Cuántos llevas? —preguntó.

—Cuarenta y ocho —dijo Bianca.

Gretchen se protegía los ojos del sol, que se asomaba y transformaba todo en un brillo blanco.

—Noventa y siete.

—¿Entonces podrías lograrlo hoy? —preguntó Hilda.

—Sí, si tengo suerte. Pero te mostraré cómo hacerlo primero. Si se da, se da. Tal vez me alcances —dijo Gretchen.

—De ninguna manera alcanzaremos eso hoy, pero sería bueno mostrarle cómo se hace a Hilda. Y mostrarle algunas tripas —dijo Bianca.

Gretchen chasqueó la lengua y espantó a un insecto cercano.

—No seas asquerosa, huevona.

—¿Por qué tienen que ser iguanas? ¿No pueden ser pollos o algo así? —dijo Hilda.

Gretchen tomó el remo de Bianca.

—Tiene que ser una criatura libre. No puede ser como tu periquito o algo así. Y tiene que ser de cierto tamaño. O sea, no puedes comer un puñado de bichos y ponerte a esperar.

—Entonces, ¿por qué no pollos? He comido corazón de pollo antes. Es rico —dijo Hilda.

—Tiene que estar libre, *en la naturaleza*. Hay algunos gallos libres en Kendall, pero no los suficientes para lo que necesitamos. Además, no es como el corazón de pollo que comiste, tiene que estar crudo. Las iguanas y las pitones son malas para el medio ambiente, y encajan con lo que necesitamos —dijo Gretchen. El sudor le corría por el cuello y los hombros morenos, ambos enrojeciéndose por el calor.

—Sí, ambas son especies invasoras aquí, no se las extrañará y no son tan difíciles de atrapar. Lo que es bueno porque tenemos que atraparlas con nuestras propias manos. Excepto por las malditas espinas... —se estremeció Bianca—. Pensamos en entrar a ese concurso de pitones, pero nos dimos cuenta de que probablemente sería raro si todo lo que trajéramos tuviera el corazón cortado.

—Eso, y la parte de «matar humanamente». Es un poco difícil de lograr cuando tienes que hacerlo con tus propias manos —dijo Gretchen.

Bianca frunció la nariz.

—Es un desastre.

—¿Tienen un premio? —preguntó Hilda.

—¿Un premio para qué?

—¿Para el concurso de caza de pitones?

Tanto Bianca como Gretchen la miraron con la boca abierta.

—¿Sabes qué? —dijo Gretchen—. Creo que nunca lo averiguamos.

***

Se estaban acercando. Gretchen había estado en la zona tantas veces que la conocía de memoria. Era tan fácil perderse en el interminable manglar, o dar vueltas en los pantanos entre los árboles. Era necesario estar muy familiarizado para no hacerlo. Podía volar hacia los buenos terrenos de caza como una paloma mensajera volviendo a casa. Estaban alejados y dispersos, lejos de la gente que estaba de caza real y de las autoridades. No podría contestar a las preguntas de las autoridades con ninguna posibilidad real de ser vista como cuerda.

Gretchen estaba acostumbrada a ser la madura. Fría y calmada. Su madre decía que era demasiado joven para actuar tan madura. Demasiado joven para portarse como una gran matrona de familia. Eso era probablemente lo que la convertía en una candidata tan buena para esta labor.

Hilda iba detrás de ella en el bote. Sería su primera vez. A Gretchen todavía le perseguía su primer sacrificio, incluso después de todas las muertes que había realizado antes. Cada vez que miraba a Hilda o rozaba sus brazos mientras remaban, recordaba su primera caza.

El «secreto» familiar nunca había sido un secreto. Aunque Gretchen solo veía a su abuela dos a tres veces al año, era difícil no darse cuenta de que se veía más joven que su madre y que no envejecía. Las abuelas de los demás estaban bien arrugadas y encorvadas. La suya parecía una mujer activa y vivaz de unos treinta y tantos. Lo mismo pasaba con su prima abuela María, que ahora estaba llegando a los 106.

Su abuela no les explicó qué estaba haciendo

hasta mucho después de que se levantaran antes del amanecer, sacaran una biplaza al agua y luego desembarcaran en una gran pasarela. El agua había estado más alta de lo que estaba en el presente, ya que había sido en la temporada de lluvias. El lugar caliente y pegajoso se sentía como una isla secreta en medio de toda esa agua y vapor que se elevaba y la ocultaba. La mamá de Gretchen le había dejado mirar *Las nieblas de Avalón*, y se imaginaba que caminaba hacia una isla de hadas. El calor había sido más sofocante, y el sol más vivo y dorado. Iluminó los hombros de la abuela mientras caminaba en una camiseta sin mangas frente a ella, llevándola a lo más espeso. El cabello de la abuela era su orgullo, y ese día sus mechones negros estaban atados en una larga cola de caballo que se balanceaba sobre su espalda en un ritmo constante mientras caminaba.

Detuvo a Gretchen unos pasos adentro de un claro y dejó caer su mochila. Comieron en silencio. Gretchen no pudo olvidar nunca la acidez de las rodajas de naranja y la sal de la mezcla de frutos secos que había comido. Todavía le secaba y quemaba la lengua cada vez que pensaba en ello. Su abuela se había recostado sobre un árbol, se había sentado y había bebido un sorbo de su botella de agua. Miró a lo lejos, sin mirar a Gretchen.

—Mija, ¿alguna vez te has preguntado por qué no envejezco? —dijo, tomando un sorbo rápido de su botella.

Gretchen negó con la cabeza, a pesar de que sí lo había hecho. Nunca supo cómo preguntárselo.

Su abuela asintió con la cabeza y siguió sin mirarla.

—Hace mucho, mucho tiempo, nuestra familia

recibió un secreto. Nadie sabe cuándo. Incluso tus parientes más viejos no lo saben. Tu bisabuela Sofía Soñera Riverez está llegando a los 200 y ni siquiera ella sabe. Nunca la conociste... pero eso no es lo importante. Recibimos el secreto de la inmortalidad y la juventud eterna si queríamos tomarlo.

Miró a Gretchen con una mirada dominante.

Gretchen tenía solo trece años, y tal vez por eso, no entendía la gravedad de lo que su abuela le estaba brindando en ese momento. Una vez pensó que su abuela era un vampiro, pero la mujer amaba demasiado el sol. Ese tipo de idea era para niños, y parte de ella pensó que su madre solo le estaba haciendo una broma. Fácilmente, podría haber sido una situación en la que su abuela se mantenía en buen estado de salud y contaba con un excelente cirujano plástico. A la edad de Gretchen, era difícil distinguir las edades de los adultos de todos modos. Para lo que le importaba, cualquiera mayor de treinta y cinco era geriátrico.

Pero había una sensación en lo profundo de su alma, esa semilla de duda ante su propio razonamiento. Su abuela se veía joven, pero sabía cosas, cosas antiguas, de una manera que hablaba de experiencia, no de estudio. Algo en su abuela siempre fue mágico, y había magia en ella que incluso Gretchen, alejada como estaba de todo eso en ese momento, podía sentirla.

—Bueno. ¿Qué es? —dijo Gretchen.

—Te lo contaré, pero primero tengo que decirte un par de cosas y tienes que hacer algunas promesas.

Gretchen asintió.

—Primero, no podemos contarles a los hombres cómo lo hacemos. Nunca lo hacen bien y un hombre extraordinariamente longevo es algo terrible, odioso —dijo su abuela y arrugó la nariz—. Dos, solo tú puedes tomar esta decisión. Ni yo ni tu madre ni tu padre, se trata de ti.

»Tres, esto puede tomar mucho tiempo y puedes detenerte en cualquier momento y decidir no seguir adelante. Cuando empecé este proceso, lo empecé en Cuba, pero tuve que terminarlo aquí. Al menos sobreviví a ese hijo de puta come-mierda de Castro.

»Cuatro, no puedo decirte que nunca le cuentes a otra alma, pero te diré, solo cuéntales el secreto si puedes confiarle tu vida. Sé que son muchas promesas, pero es una gran decisión —dijo, y se recostó contra el árbol nuevamente.

Para ese momento, Gretchen tenía muchísima curiosidad.

—Lo prometo.

Se oyó el croar profundo de un caimán en la distancia, y después de eso, el silencio. Los árboles se inclinaron hacia adentro, aunque solo fuera para escuchar el gran secreto de la inmortalidad a punto de ser revelado.

—Es un hechizo muy antiguo, y para ello debes comerte los corazones de noventa y nueve criaturas libres que mates con tus propias manos... —La sonrisa furtiva de su abuela podría haber incluido sus propias advertencias—. Sé que esto será difícil, no es agradable y puede parecer cruel. Te mostraré cómo realizar el hechizo, las palabras que debes decir. Son fáciles y nunca las olvidarás. Pero tampoco olvidarás nunca lo que debes hacer para llegar allí.

Su abuela dijo que debería considerarse afortunada. Cuando su abuela había comenzado el proceso en Cuba, se alimentaba de perros y gatos salvajes.

Había algo terrible y doloroso en asesinar a esos animales, dijo ella. Cuando huyeron, tuvo que adaptarse. Afortunadamente para ella, las iguanas ya se habían convertido en una molestia. No eran demasiado peligrosas, y no eran lo suficientemente lindas como para encariñarse. Después de prueba y error, había perfeccionado el método para hacer este trabajo, y ahora iba a enseñarle a Gretchen.

Le explicó todas las reglas. Las criaturas debían ser libres, y su corazón tenía que tener algo de peso en su mano. El corazón debía consumirse fresco luego de la matanza. Las palabras que debía murmurar antes y después. La inmortalidad solo llegaría después del corazón noventa y nueve, y cualquiera que fuera la edad que tuviera en ese momento sería la edad en que se quedaría. Uno todavía podía morir o enfermarse, pero no envejecería.

Gretchen aceptó todo con abandono. No le encantaba la idea de matar algo, pero estar involucrada en la magia era una tentación demasiado grande para ignorar.

Su abuela sacó una toalla grande de su mochila. Había lugares en los que estaba harapienta y rasgada. Gretchen la reconoció como una de las toallas que su abuela usaba para limpiar su gran apartamento las pocas veces al año en que tenía ganas de quedarse en Miami. Tenía manchas de lavandina que formaban un patrón parecido al de un mapa de los continentes del mundo. Mirar los patrones de blanco en rojo fue una breve distracción de lo que estaba a punto de ser obligada a hacer.

La naturaleza de Gretchen no era la de una asesina, y cuando su abuela le entregó el pequeño cuchillo para que se lo guardara mientras se adentraban en la línea de árboles, era inesperadamente pesado en sus manos, por más viejo y barato que fuera. Era un peso muerto en su pequeña funda dentro de su bolsillo, y mientras avanzaba, le golpeó repetidamente el muslo.

Su abuela le explicó su método. Se acercaba sigilosamente, arrojaba una toalla sobre la presa, saltaba y usaba la toalla como guarda para apuñalarla en su confusión. Era fundamental evitar las espinas y las colas. En aquellos días eran una molestia, pero no abundantes. Todavía tenían que cazarlos en las islas de los árboles del claro.

Gretchen podía oírlas antes de verlas.

—Piensa en ellas como si fueran las lagartijas que entran a tu casa —dijo su abuela.

El único problema era que Gretchen nunca las había matado. Las tomaba en sus manos y las sacaba afuera para soltarlas en la naturaleza. A veces morían de todos modos, masacradas por un gato o atrapadas debajo de los muebles. Encontraba un cadáver seco, lo barría y tiraba, la piel estirada y hueca sobre sus pequeños esqueletos.

¿Pero matarlas? No. Gretchen no era una asesina.

Pero iba a tener que serlo.

Vieron una. Por la mirada, una adolescente. Tenía espinas, pero no eran grandes, y su cara aún era lisa. También parecía haberse peleado con algo. Le faltaba su pata trasera y parte de su pie.

—Te la perseguiré. Luego puedes saltar y atraparla con la toalla.

Su abuela no esperó. Saltó sobre las raíces y corrió hacia la criatura renqueante con el tipo de destreza que solo se logra con años de práctica.

—¡YA, MIJA! —gritó mientras Gretchen dejaba

que la criatura se escapara detrás de ella y comenzara a trepar un árbol—. ¡Apúrate! ¡Ya! ¡Atrápala antes de que se escape!

Gretchen se volvió. Debía estar más lastimada de lo que pensó al principio porque le costaba trepar el árbol. Dudó, pero su abuela gritaba detrás de ella, y saltó sobre ella, colocándola entre su cuerpo, la toalla y el árbol. Se revolvió, el resto de su cola golpeando su muslo desnudo y dejando una marca que duraría una semana. Gretchen se mantuvo encogida, con miedo a moverse y sin saber qué hacer.

Su abuela se acercó detrás de ella y puso las manos en la toalla.

—Bueno, podemos sujetarla juntas y llevarla al piso.

Las manos de su abuela envolvieron, levantaron y llevaron a la iguana y a la toalla al suelo mientras Gretchen se aferraba. La empujó hacia abajo y Gretchen se puso de pie, observando mientras la criatura cubierta se retorcía intentando escapar.

—Ahora, toma el pequeño cuchillo que te di. Ya sabes qué hacer. Tienes que hacerlo tú —dijo su abuela.

El mundo se había reducido a ellas solas y al espacio entre ellas. Cuando Gretchen miró a su abuela, sus brazos firmes empujando al suelo el lagarto indefenso, sus ojos suplicándole que lo hiciera de una vez, Gretchen se preguntó si su abuela había sido como ella años atrás. Asustada, incierta... ¿o estaba hecha de algo más duro?

Su abuela se parecía tanto a su madre, solo que al menos una década más joven. Aquí, en la naturaleza, se veía como algo totalmente diferente. Su rostro no había envejecido, y aún no estaba arrugado, pero se sentía mayor. Era pequeña, pero imponente. Era su postura y la forma en que sus dedos largos y elegantes empujaban la toalla. La madre de Gretchen siempre estaba cansada, pero a su abuela le gustaba viajar por el mundo. Era una mujer glamorosa que venía de visita y en las vacaciones. En medio de los claros, sudorosa, se veía como un ser antiguo y elemental, fuerte y vieja a la vez.

Gretchen no quería hacer esto. No era una asesina. Pero si quería una oportunidad de acceder a la eternidad, tendría que ser una.

Con las rodillas y las manos temblorosas, se arrodilló en la tierra blanda. Desenvainó el cuchillo y lo sostuvo cerca de la toalla.

—Lo pones a la garganta —dijo su abuela, bajando un poco la toalla.

Aunque dudó, y quería llorar y ahogarse, Gretchen tomó el pequeño cuchillo y atravesó al lagarto profundamente en la garganta. No fue difícil. Se había imaginado que habría más resistencia en la piel que se sentía como el cuero y los tendones. En cambio, Gretchen sobrestimó la fuerza requerida y el cuchillo atravesó al otro lado. Era casi como cortar jamón enrollado, o un morrón grueso y blando.

La iguana todavía se resistió un par de veces hasta que murió completamente. Cuando dejó de moverse, abuela le quitó la toalla. Cada vez que Gretchen veía fotos de los muertos, siempre tenían los ojos cerrados. La iguana no; en cambio, sus ojos la miraban mientras sacaba lentamente el cuchillo. Era una sensación extraña, sostener algo muerto de esta manera. La piel era más suave de lo que imaginaba, solo que no tenía aliento cuando la giró. Todavía estaba caliente pero flácida, su propia tragedia autocontenida.

Abuela la dio vuelta y le mostró a Gretchen dónde cortar. Hicieron una cruz sobre el corazón para diseccionarla. Su abuela señaló el corazón, y Gretchen usó el cuchillo para cortarlo y desenterrarlo. Era pegajoso, del tamaño de un anacardo. El aire estaba viciado por el calor del día, y el pantano echaba vapor. Olía a algas y mierda de pájaro.

—Puedes tragártelo. Si piensas demasiado, no podrás hacerlo.

—¿No me enfermaré?

—No te enfermarás.

Gretchen pronunció el conjuro, y luego inclinó la cabeza hacia atrás y metió el corazón en la boca. Era viscoso en su lengua, y una masa resbaladiza y sangrienta cuando llegó a la parte posterior de su garganta. Le comenzó a dar arcadas. Abuela cubrió la boca de Gretchen con su mano.

—Traga. ¡Rápido! Y luego te daré un poco de agua —dijo su abuela.

Gretchen tragó, luego dijo el conjuro, y luego bebió una botella entera de agua. Se enjuagó la boca varias veces, luego pateó lejos el cadáver para no tener que verlo más. Se arrepintió de no haberlo enterrado.

Ese día regresaron al bote en silencio. Gretchen se había quedado mirado las manos mientras su abuela remaba de vuelta. Sus manos, que habían cometido tal matanza, no habían cambiado. Había marcas y rasguños, pero la textura seguía siendo suave. Para Gretchen, tendrían que haber envejecido, tendrían que haberse visto más crueles. Los dorsos suaves de sus manos incapaces de contar la historia de esa muerte.

En viajes futuros, Gretchen le haría más preguntas a su abuela sobre volverse inmortal, pero ese primer día Gretchen estaba lidiando con lo que había

EN AUSENCIA

hecho en silencio. Abuela la llevó a su primera docena a través de viajes de temporada, y Gretchen aprendió a empujar el dolor profundamente en el vientre en lugar de quedarse en él. Después de eso, Gretchen tuvo que tomar coraje para ir a cazar.

De vez en cuando, cuando la abuela estaba en la ciudad, se unía a ella para apoyarla. Era el miembro de la familia más cercano que había hecho este hechizo, y eso siempre despertó el interés de Gretchen. Comenzó a hacer un catálogo mental de los parientes que habían hecho y los que no habían hecho el conjuro. Abuela, la hermana de la abuela, Olga; su tatarabuela Josephina; su prima abuela María Ángel...

—¿Por qué no conocí a la abuela Josephina? —preguntó Gretchen, cuando tenía quince años y estaba en su duodécima muerte.

—Bueno. —Abuela apartó la mirada de Gretchen y secó las manos con un trapo, la pitón muerta yacía como un calcetín desechado entre ellas—. Un día, tu bisabuela puso todas sus pertenencias favoritas en sus bolsillos, fue a la playa y se metió en el mar. La eternidad no es fácil, muñequita. Recuerda eso antes de dar el último bocado.

Desde entonces, Gretchen tenía un sueño recurrente en que su tatarabuela era incapaz de morir y vivía en el fondo del océano, caminando a través de barcos en ruinas e incapaz de encontrar la superficie. A veces, Gretchen estaba allí también, ahogándose mientras su bisabuela la miraba con curiosidad.

Una vez, luego de una excursión particularmente agotadora en la que Gretchen había matado una iguana y dos pitones bestiales, se animó a preguntarle a su madre por qué no había aceptado el hechizo. Su madre ni siquiera dejó de doblar la ropa y frunció el ceño.

—Nunca me pareció algo que quisiera hacer. Creo... Nunca detuve a tu abuela porque es su derecho de nacimiento, pero espero que lo consideres antes de terminar. Tienes que ser capaz de lidiar con mucha tristeza si vas a tener que sentirla para siempre.

A Gretchen no le gustaba la idea de vivir para siempre sin su mejor amiga Bianca. Para la mayoría, parecían opuestas. Bianca era vivaz, ruidosa, amigable, obstinada, un contraste perfecto con el estoicismo de Gretchen. Había visto a su abuela viajar más que nada en soledad por años y se dio cuenta de que si iba a vivir para siempre, necesitaría a alguien que viviera con ella.

Se conocían desde la infancia, pero cuando Gretchen le propuso la idea a Bianca y le contó qué había estado haciendo para conseguirlo, Bianca dejó de hablarle por dos meses.

A pesar de su descaro, Bianca era un alma sensible y compasiva. La idea de lastimar y matar algo para lograr la inmortalidad le disgustaba sobremanera. Comer para sobrevivir lo entendía. ¿Pero matar para convertirse en algo antinatural? Parecía egoísta.

Cuando finalmente le empezó a hablar de nuevo a Gretchen, tenía un millón de preguntas sobre la inmortalidad y el proceso. Muchas de esas preguntas no las podía responder ni Gretchen ni su abuela.

—¿Cómo consiguió tu familia el hechizo? —preguntó mientras caminaban a casa desde la escuela.

Gretchen solo podía encogerse de hombros.

Cuando Gretchen le contó eso a su abuela, también solo se encogió de hombros.

—Es tan viejo que nadie lo recuerda. Simplemente es.

—¿Es esto algo así como, ya sabes, adoración al demonio, brujería? —Bianca preguntó mientras hacían palomitas de maíz.

Gretchen volvió a encogerse de hombros. Ya le había preguntado eso a su abuela.

—No lo creo. Haces el hechizo las veces necesarias, simplemente pasa. No hay contrato ni nada.

—¿No hay visitas de demonios?

—Sin visitas de demonios.

Llegaron más y más preguntas.

—¿Por qué no podemos comprar unos corazones de pollo y comernos eso? ¿Por qué tenemos que matar? O sea, ¿no podemos usar algo como una pistola, o un machete, o algo? ¿Qué pasaría si contratamos a alguien para que lo haga por nosotras? Tengo este grano en la axila que no se va, ¿lo voy a tener para toda la eternidad? —Y así sucesivamente.

Gretchen respondió lo que podía (por supuesto, no tenía respuesta para lo del grano en la axila, pero sí le hizo preguntarse si un pelo que se arrancaba continuamente del pezón también le acompañaría siempre), pero sabía que gran parte de eso lo descubriría Bianca luego de su primera prueba. Gretchen no podía explicarlo exactamente, pero después de que se tragó su primer corazón, casi vomitó, y dijo las palabras, hubo un cambio en ella. De repente, sabía por qué esa era la tarea y los parámetros de la misma. Lo que importaba y lo que no. Sabía por qué tenían que hacer el hechizo de la forma en que lo hacían. Y también supo, en el fondo de su corazón, por qué no todos los que pudieran hacer el hechizo tendrían éxito.

En el caso de Bianca, Gretchen sabía que funcionaría para ella. A pesar de la actitud que aparentaba, Bianca era un alma suave y delicada. Cuando el gato del vecino había sido atropellado por un conductor a toda velocidad, Bianca había pasado dos días llorando en su habitación con Gretchen. En cuarto grado, a una de sus amigas de la escuela se le rompieron los zapatos. Estaba lloviendo, y Bianca le dio a la niña sus zapatos para que caminara a casa mientras ella envolvía sus propios pies en bolsas de plástico.

Los dos abuelos de Bianca habían fallecido la misma semana, y ella pasó los días de luto cocinando para su mamá, y las noches llorando hasta quedarse dormida. Lo sentía todo, profundamente, fuertemente.

Quizá por eso Bianca tardaba tanto en ponerse al día. Cuando empezaron, Gretchen estaba por su vigésima muerte. Había excursiones de un día entero en los que Gretchen cazaba dos o tres animales y Bianca solo uno. Le tomaría mucho tiempo terminar el hechizo.

Eso estaba bien. Tendría la eternidad cuando lo hiciera.

Hilda fue una adición extraña al grupo de caza. Era la prima segunda de Bianca, la bebita. No eran particularmente cercanas. A Bianca le parecía que Hilda era demasiado distante para su gusto. Era una de esas adolescentes cuyo rostro estaba dominado por sus grandes lentes y que tenía la costumbre de mirar a los lejos en medio de una conversación. Pero Hilda siempre estaba escuchando. Siempre prestando atención y pensando y analizando las palabras de las personas.

A Gretchen se le ocurrió la invitación cuando estaban sentadas en la cena de cumpleaños de la prima de Bianca e Hilda. Bianca preguntó, con picardía, que harían todos los presentes si fueran inmortales. La respuesta de Hilda no mencionó ni riquezas ni viajes. Cuando todos terminaron de reírse de las respuestas de los demás, Hilda miró a todos con su característica mirada lejana y dijo:

—Idiomas. Me gustaría ver qué pasa con los idiomas. Me gustaría ver cómo cambian.

Luego hubo un silencio.

Tenía sentido para Hilda. Tenía un don para los idiomas. Era una hablante nativa de español e inglés, pero había aprendido francés leyendo cómics franceses, coreano de los dramas coreanos y alemán de los álbumes de metal. Podía ser tímida y callada, pero le encantaba saber cómo hablaba la gente.

Puede que no fuera justo que Gretchen fuera la guardiana de este gran secreto. Le irritaba la idea de que ella era una especie de traficante de inmortalidad, o el hecho de que hubiera traído a otros en lo que era principalmente una tradición familiar, siendo juzgada silenciosamente por sus parientes por hacerlo. Pero Gretchen estaba desesperada. No quería encarar la eternidad sola.

* * *

Era increíble cómo el silencio podía ser fuerte en el pantano. Las brisas intermitentes se entretejían entre las hojas, haciéndolas sonar como hojas de papel. Cuanto más tiempo pasabas en el engañoso silencio, más se sentía el ruido de fondo del movimiento de las hojas y los insectos como un cañonazo. La paz interrumpida por el invisible zarandeo de su presa. Hilda estaba allí para observar por primera vez. Para ver cómo las otras chicas llevaban a cabo esta perturbadora misión. Bianca solía esperar a que Gretchen lo hiciera primero. Después de docenas de muertes, Gretchen tenía un instinto para encontrarlas.

Había una justo encima de un árbol, suficientemente verde y naranja como para que a cierta distancia hubiera sido invisible. Era como un dinosaurio viejo, con la papada del tamaño de pelotas de ping-pong y espinas como clavos de carpintería. La batalla terminó rápido. La gruesa cola de la bestia todavía golpeaba a Gretchen en la cara y le sacó sangre antes de que terminara. Parecía un precio más que justo por lo que tendría que hacerle a un animal que podría haber sido la mascota de alguien.

Cuando ya era un cadáver flexible en el suelo, Gretchen le mostró a Hilda cómo debía cortarlo para encontrar su corazón. Dijo las palabras, tragó y las volvió a decir. Esta era la número noventa y ocho. La eternidad era un hilo que colgaba frente a ella, pero lo apartó para ayudar a Bianca e Hilda.

Bianca acechó el área a continuación. Todavía empleaba el método de la toalla, y no podía soportar mirar sus caras después, y la mayoría de las veces le pedía a Gretchen que se deshiciera del cuerpo cuando terminaban. Al principio, enterraban a algunos. Hasta que se dieron cuenta de que los busardos se encargaban rápidamente, y que estarían alimentando al resto del ecosistema con su tradición.

Esta vez Bianca tuvo suerte y encontró una pitón mediana. Por alguna razón, se sentía más fácil matar a una pitón que a una iguana. No físicamente, sino a conciencia. Si Bianca empujaba su mente lo suficientemente lejos, podía imaginarse que estaba luchando con una gruesa manguera de jardín. Había visto un video de una pitón digiriendo un chihuahua una vez, y mantuvo un prejuicio contra el animal, lo que facilitaba la matanza. Se imaginaba que salvaba al preciado perrito, o a su propio gato, Masito, y con esta justa ira podía hacerlo.

Bianca tenía unas uñas naturalmente largas, que solía usar para raspar y arrancar el corazón de la carne. Se sentía el olor, por supuesto. No había estado muerta el tiempo suficiente como para tener realmente olor a podrido, un débil aroma a algo sudoroso y carnoso. También estaba la sustancia mucosa que se aferraba a la superficie de cada órgano. El corazón mismo tenía este residuo viscoso que se arrastraba de vuelta al cuerpo como una rebanada de pizza de queso caliente.

Siempre era más fácil pronunciar las palabras y luego cerrar los ojos, porque si te tomabas el tiempo para pensarlo, pensar en la textura o el sabor a medida que bajaba, llegaban las arcadas. Tomó un gran trago cuando terminó su conjuro y trató de detener la respiración rápida y pesada en su pecho.

—¿Ves, Hildy? Sencillo. No es nada —dijo Bianca. Sonrió, y cuando se volteó, se enjuagó la boca y escupió.

El trío se tomó una hora de descanso para tomar agua y mear. Bianca hablaba en el silencio, de cualquier cosa menos de la inmortalidad.

—¿Tom Hiddleston, Chris Evans o Chris Hemsworth?

Gretchen chasqueó la lengua.

—Mato a Hiddleston, me tiro a Hemsworth y me caso con Evans.

—Pero Hemsworth tiene más músculos, ¿no? —

dijo Bianca, apoyada en un árbol, las piernas cruzadas frente a ella.

—Sí, pero creo que Evans es más gracioso. Incluso cuando está siendo un imbécil, parece más agradable —respondió Gretchen.

—No sé, Hemsworth es más payaso, creo. —Bianca golpeó a Hilda con el pie—. ¿Y tú, niña? Cuéntanos, ¿a cuál de estos superhéroes te follarías?

—Tal vez Hiddleston. Casarme con Evans, creo. —Hilda no había levantado la vista ni una vez durante el descanso. Había estado dibujando pequeños patrones en la tierra con las puntas de los dedos, o separando hojas caídas de sus tallos, luego retorciéndolos y trenzándolos—. No sé, tal vez casarme con Hiddleston. Creo que lee mucho. Me gusta eso.

—Uf, tú y tus chicos góticos. Es tan *flaco*. Demasiado hueso para coger —dijo Bianca.

—Bueno, casarme con Hiddleston, tirarme a Evans, matar a Hemsworth. Él es aburrido —dijo Hilda.

Gretchen se levantó con un rápido «Voy a hacer pis», y se bebió lo que quedaba de su botella de agua. Puso la botella vacía en su mochila y tomó algunas toallitas húmedas y desinfectante de manos.

—Cuando vuelva, podemos terminar. ¿De acuerdo, Hilda?

Hilda asintió con la cabeza, el rostro fijo en el suelo.

Cuando Gretchen ya no estaba a la vista, Bianca volvió a golpear a Hilda con el pie.

—Oye —dijo suavemente cuando Hilda la miró—. Sabes, no tienes que hacer esto hoy. O nunca, si no quieres, ¿sí? Puedo decir que quiero ir a casa y no tienes que preocuparte por ello.

Hubo un silencio inquietante luego de la sugerencia de Bianca. El viento se calmó y el crujido cacofónico de las ardillas, bichos y lagartos que corrían por el pantano desapareció. Tal vez el entorno tenía curiosidad por la respuesta de Hilda. Podía haber una polilla volando hacia el reflejo del agua, o una mariposa con alas silenciosas que rompían la quietud, pero en su pequeña isla de hamaca, solo estaban Bianca e Hilda. La pregunta colgaba sobre ellas como hojas de palma.

Aunque teóricamente podrías detenerte antes de los noventa y nueve si quisieras, Bianca sabía en su alma que esa no era la verdad absoluta. Una vez que comenzabas, no podías parar. Detenerse significaría faltarle el respeto a todo lo que habías matado antes. Aunque Bianca a veces se resistía, sabía que tendría que matar más. Ya no se trataba de la inmortalidad; era un compromiso.

Así sería para Hilda. Tal vez era parte del hechizo, comprender el dolor de una persona, o la forma en que algo podría cambiarlas para siempre, lastimarlas, arruinarlas. Hilda se derrumbaría con todo esto, como se suponía que pasara si la magia funcionaba, pero Bianca quería ofrecerle una salida.

Habían llegado hasta aquí, y ya Hilda había visto lo peor. Ninguna de ellas se había insensibilizado ante este tipo de muerte. Pero Hilda pensó, tal vez si no lo pensaba demasiado, estaría bien. Si tenía la eternidad, entonces tendría la eternidad para superarlo.

Gretchen volvió, sus zapatos dando pisotones deliberados en la tierra blanda.

—¿Lista? —le dijo a Hilda.

Bianca captó la mirada de Hilda, las cejas juntas

esperando su respuesta o señal. Hilda levantó la vista hacia Gretchen.

—Vamos.

Si Hilda era buena en algo, era separarse de su mente y su cuerpo. Si se imaginaba a sí misma como un personaje de la pantalla de un videojuego, controlada por ella, pero sin ser ella misma, podía sobrevivir casi cualquier cosa. Ya había sobrevivido mucho. Más de lo que se atrevía a pensar, como su horrible hermano mayor y sus amigos. Ese era uno de los atractivos de la inmortalidad para ella. Sí, los idiomas, pero tal vez podía dejar de sobrevivir y, eventualmente, vivir. Hilda estaba desesperada por estar en su cuerpo, por vivir y no comandar un avatar de carne.

La distancia sería necesaria para esta tarea. Era bueno que ya hubiera tenido mucha práctica separándose de ella misma.

Gretchen había tomado un palo grande mientras caminaban por la espesura y comenzó a golpearlo contra los árboles, intentando asustar a cualquier criatura de tamaño considerable para que cayera al suelo. Bianca llevaba tanto su mochila como la de Hilda para que ella estuviera ligera en caso de que tuviera que salir corriendo y atrapar a su presa.

El sol había llegado a su cenit, y estaba lo suficientemente plagado de mosquitos para instar a las mujeres a dar por terminado el día. Gretchen balanceó al azar alrededor de una rama y dio en el blanco. Su palo tiró una mediana al suelo entre las tres. Casi no siseó, y trató de escaparse, pero Gretchen le bloqueó el paso. Comenzó a mover la cabeza hacia arriba y hacia abajo, hinchando la papada.

Bianca dejó caer los paquetes y se colocó del otro

lado. De esta manera, hicieron un triángulo que la encerró.

—¡Hilda! La llevaremos hacia tu lado. ¡Prepara la toalla!

Hilda asintió. Desplegó la cosa mientras acorralaban al lagarto hacia ella. Gimió. Todo se ralentizó y aceleró a la vez. El balanceo de su cola era un metrónomo letárgico en vez de un látigo. Intentó pasar junto a ella por un lado, pero una parte de ella olvidada y latente actuó primero. Se tumbó de costado, aterrizando sobre ella, y la empujó contra el suelo con la toalla. Corcoveó debajo de ella, los golpes de su cola contra sus pantorrillas por sobre todo sonido. No pudo encontrar su cuchillo y agarró el objeto más cercano. Su mano derecha tomó una gran roca cerca de ella, y la abalanzó contra la cabeza.

Una vez que lo hizo, no pudo parar. Se sentó sobre sus muslos y siguió aplastando el cráneo con la roca. Gritando. Llorando. Aplastando. La carne se separaba a pedazos y se pegaba a sus dedos. Hasta que Bianca y Gretchen la levantaron y la alejaron. Gretchen le quitó la roca de la mano y tiró la cosa manchada de sangre. Bianca tomó en sus brazos a su prima mientras ella lloraba en su hombro. Gretchen le frotó la espalda.

—Está bien, niña, está bien. Ya casi acaba. Terminamos y nos vamos a casa —dijo Bianca en el cabello de Hilda.

La giraron y le ayudaron a guiar su mano mientras cortaba y sacaba la cavidad de la iguana muerta. Hilda hizo todo lo posible para no mirar donde habría estado la cabeza. Se negó a reconocer la suavidad de la piel, para nada escamosa o áspera como hubiera pensado. No podía ser más que carne usada para ella.

Cuando sus ojos finalmente observaron, le hizo pensar en animales atropellados.

Sus dedos se movían solos, pellizcando y sacando el corazón. Hilda no dijo las palabras tanto como se las atragantó. No tragó el corazón tanto como lo sollozó. Tosió los versos finales y Gretchen le llevó la botella de agua a la boca. Lo único que podía saborear Hilda era el agua tibia y el sol implacable en su lengua.

El camino de regreso al bote fue silencioso, marcado por el llanto errático de Hilda. Agotaron su suministro de toallitas húmedas, y finalmente Hilda recurrió a cubrir su camisa y shorts con mocos y lágrimas.

Ni Gretchen ni Bianca comentaron sobre ello. Gretchen remó a casa. Bianca abrazó a Hilda, arrullando y frotándole la espalda.

El sol inclinado de la tarde siempre convertía al agua nublada de algas en un mar cegador. Siempre que Gretchen estaba en agua como esta, se imaginaba a su tatarabuela Josephina mirándola. Siempre se imaginaba que sonreiría antes de tomar su abrigo cargado de joyas y caminar hacia el agua para ahogarse. Esta mujer que se había cansado y desencantado mientras el mundo a su alrededor cambiaba, pero ella no.

Esa noche, Hilda no comería. Tomaría agua. Se ducharía. Se recostaría de lado, lloraría en su almohada y reviviría el terrible sonido de una iguana siendo aplastada por una roca en su mano, y la insoportable flacidez al darle la vuelta.

Bianca restaría sus muertes una y otra vez. Cuarenta y nueve, faltaban cincuenta más. Escribiría los números una y otra vez en su anotador, como si fuera su propio encantamiento. Dibujaría rosas y ramos de flores en memoria de la serpiente.

Cuando detuvieron y guardaron el bote, Gretchen escuchó un crujido. Había una gran iguana. Vieja. Cansada. Con cicatrices. Salió de debajo de un arbusto en su dirección, casi como si se estuviera ofreciendo a ella. Esta vieja criatura balanceó la cabeza para mirar a los ojos a Gretchen.

Este sería el último corazón de Gretchen. Si lo tomaba.

Apartó la vista y ayudó a sus amigas a subir al auto. Se sentó en el asiento del conductor y se alejó, mirando al lagarto que esperaba por el espejo retrovisor mientras conducía. Se convirtió en un punto verde en la distancia antes de que se arrastrara de regreso al arbusto.

La eternidad podía esperar.

YODO

Era mejor que ardiera a que picara. Al menos eso pensó Dulce, mientras se pasaba la mayor parte del viaje en auto rascándose las numerosas picaduras de mosquito. Le aparecieron ronchas grandes y pequeñas en la superficie de la piel, cada una de ellas de color rojo pulsante, rematadas con rasguños que no le provocaban ni un asomo de alivio. Apoyó disimuladamente los brazos y las manos contra el vidrio caliente de la ventanilla del auto y las partes metálicas del cinturón de seguridad. El calor abrasador era un breve respiro de la picazón.

Los únicos que no se rascó (aunque quería hacerlo desesperadamente) fueron los grandes cortes sobre el tobillo. Cuando había despertado y salido de su saco de dormir, pensó que había sido picada por algunas abejas, avispas o arañas venenosas. Sospechaba que se trataba de una araña grande o una tarántula, ya que había dos picaduras paralelas que se asemejaban a las mandíbulas de una. Las dos estaban igual de hinchadas.

Ninguna de sus amigas en el viaje de campamento pensó que ese era el caso. Le dijeron que era una reacción desmesurada al clima y a cualquier mosquito grande y rancio que le hubiera picado, a pesar de que salía un poco de fluido negro de cada uno de los pinchazos por encima de su pie.

—Si fuera una reclusa marrón o algo así, probablemente estarías, no sé, teniendo una convulsión o algo así —dijo Kerry, siempre optimista.

—¿Quieres ir al hospital? —preguntó Anita, mientras levantaba el campamento.

—No —dijo Dulce, los ojos fijos en las heridas mientras se rascaba distraídamente la rodilla derecha—. No tengo seguro, y no es como si tuviera problemas para respirar o algo. Si empeora, puedo ir a la clínica cuando lleguemos a casa.

—Solo debe ser sangre vieja —dijo May, mientras buscaba alcohol etílico en su botiquín de primeros auxilios—. Ya sabes, como la sangre en el último día de tu periodo.

Dulce lo dudaba mucho, ya que el negro aceitoso rezumaba de cada tajo cuando movía el pie, pintando dos líneas oscuras como hollín húmedo sobre el marrón de su tobillo y talón.

No había toallitas húmedas en el botiquín; todas se habían secado y vencido en la parte inferior del bolso de viaje azul de May. Solo había una pequeña botella de yodo de edad cuestionable. Frotaron un poco en ambas picaduras, dejando manchas naranjas en su tobillo y con gotas restantes que se derramaban en su pie y se superponían al negro. Luego pegaron dos curitas flojas sobre las heridas antes de empacar e irse.

Dulce se pasó todo el viaje en auto queriendo tocar las picaduras de su tobillo que seguían hinchándose, o presionarlas y ver si salía más líquido negro. Se escabulló un segundo para hacerlo y sintió la hinchazón debajo de las curitas sueltas. Salió como una pasta espesa parecida al pus, volviéndose más aceitosa cuanto más presionaba. No dejó de salir, y se dio cuenta de que no estaba aliviando nada. Mantuvo las manos ocupadas, rascándose todo lo demás en su cuerpo hasta que llegaron a su casa.

La dejaron enfrente a su departamento, balanceando su saco de dormir y mochila hasta la puerta. Tal vez un baño ayudaría, pensó, o un poco de calamina para que actuara como un bálsamo de arcilla en su piel enrojecida. Reid a menudo se burlaba de lo dulce que debía ser para atraer tanto a los mosquitos. Con la predisposición de Dulce a ser picada, uno pensaría que manejaría mejor estas cosas, pero tendía a ignorar los pequeños dolores hasta que se volvían insoportables, como ahora.

—Oye, amor, ¿cómo estuvo tu fin de semana de chicas a la intemperie? —preguntó Reid, sin levantar la vista de su teléfono. Su cabello estaba revuelto, como si se acabara de despertar de una siesta en el sofá.

Dulce abrió la puerta con el hombro y cojeó hasta el sofá, donde Reid estaba sentado con algo de comida rápida sobre la mesa. Dejó caer su mochila y su bolsa de dormir junto al sofá y a una colección de zapatos desiguales de Reid.

—Fue divertido. ¿Hay algo para comer?

—Ajá —dijo Reid, todavía en su teléfono. Un almuerzo de McDonald's a medio comer se estaba poniendo rancio frente a él en la mesa de café.

Dulce se inclinó para robar una patata frita y notó que había dejado sus calcetines viejos desparramados de nuevo. Cada calcetín había sido arrojado descuidadamente en diferentes partes de la pequeña sala de estar. El olor que desprendían le cosquilleó en la nariz desagradablemente.

—¡Mierda, amor! —Reid se inclinó hacia atrás y, juguetonamente, le dio un empujón suave—. ¡Hueles a mierda! Vas a arruinar mi apetito. Métete a la ducha. Mierda.

—¡Está bien! ¡De acuerdo! —dijo Dulce, robando una patata frita de todos modos y metiéndola en la boca antes de ir al baño. La fritura fría le sabía rancia, una copia de una patata frita hecha de poliestireno, y se la tragó a regañadientes—. Me voy a duchar. ¿Tenemos algo más para comer? —Después de su fin de semana sin comodidades, quería algo sabroso y caliente.

Reid se encogió de hombros.

—Creo que hay algunas sobras si quieres calentarlas. No he tenido tiempo de ir a la tienda.

En el baño, Dulce despegó lentamente las curitas, que ya se habían fusionado con su piel por el pegamento en el calor húmedo de Florida. Quitarlas reveló las picaduras extremadamente grandes de mosquitos, avispas, abejas, arañas, lo que sea que pique. Todavía no estaba segura de lo que eran. Ya no le picaban, pero se veían notablemente peor y palpitaban como un moretón fuerte. Estaban hinchadas con sangre seca color violáceo que las rodeaban como una costra negra. Dulce pinchó el borde hinchado de una y salió el líquido negro, oscuro y viscoso. Olía mal, como si se pudiera saborear algo podrido en la lengua.

Luego de que el olor le diera arcadas, Dulce respiró hondo en la toalla para obligarse a calmarse. Probablemente, era una pequeña infección. No tenía fiebre; probablemente no necesitaba antibióticos. En este punto, el dolor le llegaba a los huesos, y empezó a temer la sepsis, a pesar de sus intentos de tranquilizarse. Racionalizó que estaba exagerando. Se daría una buena ducha caliente, y luego tomaría vitamina C. También bañaría la picadura con peróxido, por si acaso. Su cuerpo necesitaba descansar más que nada. Si aún estaba mal después de eso, iría a la clínica.

La ducha le reconfortó y se llevó el residuo del fin de semana. Evitó mirar su tobillo donde las dos heridas filtraban el pus con olor a podrido por el desagüe. Dulce había estado cubierta de tierra del campamento, y toda el agua que se escurría hacia el desagüe también estaba fangosa. Encontró lo que quedaba de peróxido en el botiquín y lo vertió sobre su tobillo en la bañera. Burbujeó y siseó y, extrañamente, un humo espeso y verdoso surgió de donde había tocado la herida. Dulce podía sentir el escozor familiar del peróxido reaccionando a su sangre, pero había una sensación fina como un pinchazo de aguja que presionaba más profundamente en su carne.

Cubrió tanto la herida como sus preocupaciones con un vendaje demasiado pequeño.

Dulce se untó con loción de calamina, y luego esperó a secarse en el baño húmedo. Cubierta con la arcilla rosa, se dirigió tambaleante a la cocina. Abrumada por una sed repentina, tomó tres vasos de agua y dos tabletas de vitamina C y B12 porque sí. Con Reid en la sala de estar jugando videojuegos, se acurrucó en su edredón y se durmió con el sonido de los disparos de las pistolas digitales y él maldiciendo en los auriculares.

Era de noche cuando se despertó, y se sentía aún peor que antes. Había tenido vívidas pesadillas sobre algo afilado que se arrastraba desde su tobillo hasta la garganta, dejando la sensación fantasmal de un tajo. Dulce recordó vívidamente la sensación de desgarro en su piel, el tajo abriéndose como una cremallera. Cintas de sangre delgadas, parecidas a moco, tiraban la una a la otra en la carne que se abría. Pero cuando revisó debajo de los vendajes, las heridas habían desaparecido, y no había nada a lo largo de la superficie de su piel. La piel en la que se encontraban las perforaciones era lisa y sin imperfecciones. Incluso la sangre seca de la venda se había desvanecido a un blanco amarillento. Dulce trató de no pensarlo demasiado. Tal vez había sido gracias al B_{12}.

Atribuyó el resto de sus síntomas al agotamiento. Cuando pasó junto al espejo del pasillo, notó que su piel morena, típicamente bronceada, se había vuelto pálida y tensa. Tenía grandes bolsas debajo de los ojos y las cavidades de las cuencas se habían vuelto de un color violeta oscuro. Sus ojos color miel se veían lechosos y apagados en la luz baja de su departamento. Su garganta estaba hinchada, y podía sentir una molestia allí. No una molestia familiar, sino una que se sentía como si su garganta se expandiera, cambiando.

Cuando inclinó la cabeza hacia arriba, vio una protuberancia grande y bulbosa en su cuello. Era tierna al tacto y violácea, como un moretón. Cuando la tocó, sintió una sensación deslizante debajo de la superficie, una vibración, y un dolor que se irradiaba desde la mandíbula, tirando de sus dientes como pequeñas correas.

—¿Amor? —llamó, con la voz apagada por el sueño pesado y la inflamación.

—Sí. ¿Qué? —respondió Reid—. Estoy en el teléfono. ¿Puedes esperar un minuto?

—Sí... —dijo Dulce mientras se arrastraba de regreso al dormitorio.

Incluso en la oscuridad, todo se sentía increíblemente brillante. El brillo de su teléfono celular era casi cegador y lo apagó. Se acostó y escuchó los sonidos de la cuadra a través del concreto y las paredes. Se oía el zumbido constante de las cigarras, inquietantemente fuerte y ensordecedor. Por debajo de ese ruido de fondo se escuchaban las risitas de los ratones, el rastreo raspador de las cucarachas, y las hojas crujientes debajo del vientre de un animal depredador. Dulce, hipnotizada por los sonidos, no se dio cuenta de que su audición nunca había sido tan aguda. Le ayudó a ignorar el fuerte dolor en la parte posterior de los molares y la sensación de opresión en la parte frontal de la boca.

—¿Qué necesitas?

La luz se encendió y los ojos de Dulce se abrieron de golpe, cerrándose de vuelta cuando sintieron la luz. Se sentó ligeramente y señaló su garganta. Reid se acercó a ella y se inclinó sobre la cama. Pudo sentir las yemas de sus dedos por encima del bulto. Su respiración era una sirena de niebla mientras lo inspeccionaba, y perturbó la tierna paz que había sentido momentos antes.

—Mierda. —Reid le quitó las sábanas y se sentó en la esquina de la cama.

Las sábanas necesitaban una lavada desde hace rato. No habían sido cambiadas desde que Dulce había salido de viaje. Cuando respiró, estaban impregnadas de un olor a sudor penetrante. Era sucio, viejo y pasado. Reid bien podría haber estado comiendo cebollas crudas en la cama. Era un aroma grotesco, pero el tipo de grotesco que era extrañamente apetitoso. Al

EN AUSENCIA

olerlo, la parte primitiva de su cerebro reconoció la necesidad de comida. Algo parecido al apetito despertado por el aroma del tocino crudo aceitoso y sacado de la heladera.

—¿Sientes inflamada la garganta?

Reid interrumpió su contemplación.

—Sí.

—A ver, inclina más la cara hacia arriba y déjame mirar.

Su barbilla extendida exhibía la gran protuberancia del tamaño de medio limón.

—¿Qué opinas?

Dulce entreabrió levemente sus párpados, y pudo ver su forma en sombras contra la luz y borrosa por sus pestañas. Estaba encorvado, sus amplios hombros bloqueando parte de la luz de la luz del techo. Cuando habían empezado a salir, descubrió que esos hombros eran su cualidad más atractiva. Meditó sobre su forma. Bajo esta luz, su forma era una masa abultada. Reid era poco elegante y musculoso, de una manera que lo hacía parecer una funda estirada sobre una colección de globos de agua. Un hombre bulboso, como si cada globo y masa muscular pudiera arrancarse como uvas de una vid.

—No sé. La clínica probablemente esté cerrada, pero estoy viendo en WebMD.

Reid se movió, mientras leía en su teléfono. La acción era irregular, tosca. Tenía una tendencia a tambalearse que ella nunca había notado antes. Toda esa masa gracias a su constancia en el gimnasio. Era fuerte, sin duda; esas horas en el gimnasio no las desperdiciaba. Pero eso no significaba que fuera invencible. Se había concentrado demasiado en adquirir músculo, se había olvidado de pensar en cómo ese músculo podría ralentizarlo. Cómo podría hacerlo torpe y débil en el lugar correcto con el depredador correcto.

Dulce podía ver sus venas, sus tendones y su grasa moviéndose debajo de la piel mientras murmuraba para sí mismo los diferentes síntomas. Había dormido a su lado en esa cama cientos de veces, pero bajo esa luz, en ese momento, era una criatura extraña. Olía a cerdo, a grasa de una sartén vieja.

Reid inclinó la cabeza un poco más, y el dolor en la mandíbula de Dulce cobró nueva vida.

—Bien, parece que es algo llamado bocio. Dice que necesitas ¿sal yodada? Tal vez un tipo de yodo puro. Probemos con la sal.

Dulce asintió. El dolor en la mandíbula y en la boca era casi insoportable. Sus dientes se sentían como si estuvieran cambiando, moviéndose, pero pensó que lo mejor era abordar un problema a la vez. Reid solía molestarse cuando había muchas cosas pasando al mismo tiempo.

Volvió con una cuchara llena de sal y se la metió en la boca. Su sabor tenía una cualidad ardiente, cada grano transmitía la intrusión de forma nuclear e intensa. Se atragantó, pero se la tragó.

—¿Me puedes traer un poco de agua?
—Oh, sí, claro. —Reid volvió con algo tibio del grifo, pero el agua también sabía repugnante, una combinación intensificada de cloro, azufre y flúor. Y no calmó su sed.

Dulce durmió un poco más, hambrienta y con frío, envuelta en las sábanas cuyo hedor no le dejaba descansar tranquila. Cuando se despertó, su boca estaba seca, y se sentía débil y sedienta.

—¿Amor? —graznó ella un par de veces.

Reid entró en la habitación, el teléfono al oído, y levantó el dedo como señal de «espera un minuto» y desapareció de nuevo en el pasillo. Era de noche nuevamente y sus ojos se habían acostumbrado completamente a ello. Dulce trató de calcular cuánto tiempo había estado dormida, pero el tiempo en esa cama se sentía una eternidad. Se rascó la nariz, solo para descubrir que sus uñas habían crecido al menos un centímetro y medio y eran más gruesas que antes. Dejó un rasguño profundo en su cara, pero cuando se tocó la nariz con la yema del dedo, notó que el corte ya se había cerrado. Su propia sangre, ahora de color marrón oscuro, se secó y acumuló debajo de las uñas. Dormir durante días podría haber explicado eso. También explicaría su hambre, aunque la idea de cualquier alimento le hacía sentir nauseabunda.

Dulce lo olió antes de que entrara a la habitación.

—Echemos un vistazo. —Reid corrió las sábanas hasta su garganta y notó que el bulto en la garganta ahora estaba de color rojo negruzco magullado—. Espera, voy a conseguir unas gotas de yodo. Dame un segundo.

La puerta de entrada se abrió y cerró, y Dulce pudo escuchar cómo se encendía el motor del auto. Cerró los ojos, y cuando los abrió de nuevo, escuchó la puerta de entrada. Reid regresó con una pequeña botella marrón que brillaba en la luz tenue. Seguramente, había ido a la farmacia, ya que la sacaba de una bolsa plástica. Era tierno, pensó, que se tomara la molestia de conseguirlo. Arrugó la bolsa de plástico y la colocó en la mesita de noche.

Cuidadosamente, Dulce inclinó la cabeza hacia atrás todo lo que pudo y, como una suplicante, tomó las gotas en la lengua, un sabor rancio y vacío.

—Bien. Descansa un poco. Me voy a la casa de Reggie —dijo Reid, mientras sacaba una camisa limpia del armario. Se quitó la camisa actual y la dejó caer al suelo mientras se cambiaba. Había montículos de él en la habitación. Su ropa, sus envoltorios de comida, los desechos que no había limpiado desde antes de que Dulce partiera para su viaje.

—Pero estoy enferma... —dijo Dulce.

—Sí, pero no parece algo serio. Parece que tu cuerpo necesita descanso. Y Reggie consiguió un ascenso, todos queremos celebrarlo. Vas a dormir de todos modos. Volveré antes de que te des cuenta —dijo Reid, revisando la carga de su teléfono.

—¿Y si empeora?

Reid se puso los calcetines.

—Sabes, amor, siempre haces esto. Hace días que no duermo en mi propia cama para no empujarte, y no he comido una comida casera en más de una semana. Y está toda esta mierda en el trabajo. Necesito hacer algo para mí. Te enfermas y siempre es el fin del mundo. ¿Recuerdas ese tour de cervecería que íbamos a hacer? —Se ató un zapato—. Me costó ciento cincuenta dólares y sin reembolso.

Siguió con el otro zapato.

—Pero me resfrié. —Dulce se escondió aún más en las sábanas. La voz de él retumbaba.

—Sí, ¿y cuánto se tarda en recuperarse de un resfrío? ¿Dos? ¿Tres días como máximo? ¡Estuviste enferma una semana! A veces, creo...

—¿Qué?

—Nada. —Reid se metió la billetera en el bolsillo—. Solo descansa un poco. Te veré cuando regrese. —Le besó la frente—. Tienes que cuidarte, así no te sigues enfermando.

Incluso escondida como estaba en la parte trasera del departamento, Dulce se dio cuenta de que había dejado todas las luces encendidas cuando la puerta de entrada se cerró con un clic. Se hundió en la cama un poco más, y luego, cuando el hambre comenzó a apoderarse de ella, se deslizó de la cama y salió de la habitación. Sus uñas de los pies, ahora demasiado crecidas, hicieron clic contra el suelo de baldosas. Las luces eran demasiado brillantes, y ella entrecerró los ojos mientras avanzaba por el pasillo y las apagaba.

No había casi nada en el refrigerador y lo que había era de todo menos apetitoso. Algunos condimentos. Una ensalada de supermercado. Un batido de proteínas abandonado. Los restos de un pastel de oficina que tenía moho en una esquina. Un paquete medio abierto de salchichas vegetarianas. Un lo-mein a medio comer. Un poco de crema agria vencida.

El congelador no estaba mucho mejor, en su mayoría lleno de bolsas de hielo para cuando Reid necesitaba descansar de hacer ejercicio. Un poco de helado y algunos ingredientes para batidos. Pero allí, escondido en la esquina, había un paquete de muslos de pollo quemados por el congelador. Le llamaban.

Rompió el paquete, los colocó en un tazón grande y los puso en el microondas para descongelarlos. Había carámbanos triturados que sobresalían del hueso expuesto que se derritieron inmediatamente con el calor y la luz amarilla.

Tomó un tiempo agonizantemente largo, pero cuando terminó, Dulce abrió la puerta y agarró el pollo recién descongelado con las manos, sin importarle el cocido desigual o la crudeza, y los mordió. Traspasó el hueso.

El pollo no sabía cómo hubiera esperado normalmente. Había una parte de Dulce que recordaba que esto era potencialmente repugnante. Al dolor en su estómago no le importaba. Quería lo que quería. El crujido de los tejidos y los tendones le hizo darse cuenta de que esto no sabía bien, precisamente. Se tragó agradecidamente el cartílago gelatinoso. Dejó que el fino hueso de pollo se le partiera en la boca y sorbió lo que encontró de médula en su interior. Comenzó a lamer el jugo de pollo aguoso, sangriento y crudo que le manchaba el dedo, y bebió lo que quedaba en el tazón.

Eso la calmó, pero no sació completamente su hambre.

Decepcionada, Dulce se escabulló de vuelta a la habitación. Estaba cansada de estar acostada y, en cambio, eligió el rincón alejado y oscuro y se sentó. Abrazó sus rodillas e inclinó la cabeza hacia delante. Cuando apoyó la mejilla en la rodilla, notó que sus dientes posteriores se sentían más afilados que antes y le estaban cortando la mejilla. Se acomodó, inclinó la parte posterior de la cabeza contra la pared y se durmió.

En un momento dado, se despertó y se tocó la garganta. El bulto había desaparecido. Tal vez el yodo había funcionado, aunque ahora le dolían las encías. Pasó la lengua por el interior de la boca y notó que sus dientes eran más duros, gruesos, y que tal vez ocupaban más espacio en su boca que antes. Podía ignorar eso por unas horas más de sueño.

Los pinchazos finos del amanecer se colaban por las persianas. Esos pequeños rayos le quemaron cuando se despertó con un ruido en el pasillo. Dulce se sintió más alerta de lo que se había sentido en... ¿días? No mejor, pero alerta. Los sonidos y los olores de su vida eran incluso dolorosamente intensos. Bien podría haber estado agachada en la cocina con el zumbido constante del congelador enterrándose en su cerebro. Podía oler claramente la basura al otro lado de la casa, incluidos los vestigios podridos de su comida.

Sintió frío. Mucho, mucho frío, con un escalofrío que le había congelado las venas. Pensó en acostarse en el sol para aliviarlo, pero la idea la hizo retroceder. Había algo que sabía sobre el sol.

Entonces, lo olió. Sangre. Carne. Cruda. Fresca. Caliente. Y se acercaba a ella. Su estómago gruñó de anticipación, y estaba llena de energía ante la perspectiva de comida.

—¿Amor?

Bien podría haber sido el balido de un cordero listo para el sacrificio.

Olfateó el aire con indulgencia. Avanzaba por el pasillo. A unos metros de distancia. Si se arrastraba hasta el fondo de la cama, podría atraparlo. Lo atraparía y su hambre cesaría. Lamió los largos dientes delanteros y sus orejas se movieron al escuchar los pasos acercándose.

Dulce se escabulló silenciosamente por el suelo de su habitación, encogiéndose para entrar debajo de la cama. Se sentía ágil, flexible y sus huesos se doblaban para adaptarse a su voluntad. Entró, y la maldita cosa encendió la luz. No importaba. Cerró los ojos y lo localizó por el sonido y el olfato. Cuando la pierna estuvo a su alcance, la agarró con el puño cerrado, sus uñas afiladas perforando directamente la pantorrilla, y tiró.

Se desplomó ruidosamente.

—¡Qué carajo! —dijo, mientras Dulce se trepaba encima, destrozando su ropa y su carne. Gritó, pero estaba hambrienta, y se concentró en liberar las arterias. Un puño enorme cayó sobre ella, lo atrapó con sus garras y lo giró. El hueso se dobló tan fácilmente como un hueso de pollo en sus manos. La cosa que se retorcía y golpeaba gritó, pero Dulce estaba demasiado ocupada tratando de llegar a las partes deliciosas como para preocuparse.

Hizo un largo corte en el cuello y mordió su garganta con dientes recién crecidos. Dulce no recordaba que su mandíbula se sintiera tan fuerte, ni que sus dientes hubieran sido tan largos y afilados. Bebió y separó la piel y el músculo mientras comía. La cosa había dejado de moverse debajo de ella. Se escuchó un gorgoteo constante y, luego, el silencio. La comida grumosa debajo de ella había dejado de moverse.

Su hambre comenzó a disminuir.

Apagó la luz de la habitación, pero todavía quedaban los pinchazos que se colaban por las persianas. Dulce se preguntó si abrirlas aliviaría su escalofrío; tal vez necesitaba la luz del sol para sentirse mejor. Se le vino a la mente algo sobre buscar calor cuando uno está enfermo. La tentación del calor rondaba en un rincón de su mente. Debatió si abrir o no las persianas mientras despedazaba distraídamente el cadáver en el suelo.

FLOTADORAS

Dime oyó la risita de nuevo. Estaba allí cada vez que cerraba los ojos. A veces, estaba a su lado en la cama. A veces, se disparaba alrededor de la habitación. Y a veces, la risa era un susurro en su oído. El sonido estaba allí, seguido de una brisa fresca, todas las noches sin falta.

«Espíritus», «apariciones», «duendes». Dime no conocía nada de esto porque solo tenía siete años y medio. Pero sí conocía la palabra para las risas y los objetos en movimiento, y era «fantasma». Por alguna razón, el fantasma no la asustaba, y ella no quería perder a su compañera sobrenatural por la intromisión de un adulto. El fantasma era su secreto, su amiga risueña de la que podía jurar que a veces se acostaba junto a ella como si estuvieran en una pijamada.

—Buenas noches. Duerme bien. Que no te pique un mosquito —le solía decir al fantasma después de que se apagaran las luces, y casi podía jurar, por el más leve de los ruidos, que había escuchado al fantasma responderle.

A Dime no le interesaban mucho los juguetes. Le gustaban las manualidades y hacer cosas más que las muñecas y las figuras de acción. No es que tuviera acceso a ellos. Nada le parecía tan interesante si ya estaba listo, Dime quería que sus manos inexpertas armaran y crearan. Tenía un calcetín viejo en su poder, uno de los de su padre que había perdido a su compañero. Tenía algunos botones rotos, algo de hilo y un poco de pegamento. En una hora y con mucho pegamento derramado, tenía un títere de mano para acompañarla. Dime le había colocado ojos de botones adicionales, porque siempre era mejor ver con más de dos.

Se había secado casi completamente cuando se lo colocó en la mano. Bueno, seco era mucho decir, ya que los niños de siete años carecen notoriamente de paciencia. En cambio, se agregó otro elemento de terror cuando el títere comenzó a hablar solo, y el quinto ojo se despegó (cuatro ojos aún eran mejor que dos).

—¡Al fin! —gritó.

En lugar de entrar en pánico, Dime reconoció la voz, la misma que la risueña nocturna.

—¿Hola? ¿Qué estás haciendo en mi títere?

—No lo sé, parece un buen lugar, ¡y ahora puedo hablar!

Dime frunció el ceño. Esta voz era demasiado amigable, ¡ni siquiera había aceptado ser su amiga todavía! Aunque le agradaba la risa, ahora tendría que hablar con el fantasma. No hay duda de que no tendrían el mismo gusto en dibujos animados o en bocadillos para ser realmente amigas. Tenía sentimientos encontrados.

—¿Cuántos años tienes?

Porque si el fantasma era demasiado viejo, desde luego que no podrían ser amigas. El fantasma podría ser un adulto, o peor aún, ¡un adolescente!

—Siete. ¿Y tú?

—Siete y medio.

Dime sonrió. Ella era mayor, eso la convertía en la líder de su pequeño dúo.

—Soy Dime. ¿Cómo te llamas?

—Rosealba, mamá me llamaba Abejita.

—¿Abejita? ¿Como el insecto?

—Sí, porque me gusta la miel.

—¡Las abejas hacen miel, no la comen!

Dime estaba más que feliz de compartir su (des)información.

—¿Y qué? ¡También tengo cabello dorado como una abeja! —gritó el calcetín mientras otro ojo artesanal inseguro se movía ligeramente, el pegamento suavizándose por el calor de la mano de Dime.

Dime decidió cambiar de tema, su lógica no la llevaría a ningún lado con este fantasma.

—¿Por qué me sigues?

—No te sigo, yo solo, ya sabes, estoy pasando el rato. Aunque no tienes buenos juguetes.

—¿Qué tipo de juguetes te gustan?

—Me gustan los autos y, ehh, los robots. Esos son divertidos, y muñecas de bolsillo con casas en miniatura.

Dime tomó nota mentalmente, si iba a compartir habitación con un fantasma, el fantasma tenía que sentirse cómodo.

Así comenzó su amistad. Todas las tardes, Dime se ponía el títere y hablaba con Abejita. De todos modos, tenía pocos juguetes, y Abejita se convirtió en su compañera cuando no le dejaban salir de su habitación. Mientras tanto, Dime recolectaba pequeñas bolitas, palos y suministros para algún día hacerle a Abejita un juguete que le gustara. Porque, aunque

Dime era medio año mayor y no tenía amigos, valoraba el consejo de Abejita. Abejita había tenido muchas experiencias y tenía historias geniales. Historias de ella y su mamá caminando por la playa o yendo a la feria.

Lo que Dime nunca preguntó fue cómo murió Abejita. No quería saberlo, y no quería herirla.

Cuanto más hablaban Abejita y Dime, Abejita se hacía más presente, y ya no necesitaba tanto al títere para hablar. Una noche hablaron sobre un acuario que Abejita visitó una vez.

—¡Estás rodeada de peces! ¡Y las paredes son de vidrio y es como una pecera, pero al revés, y tú estás en la pecera!

—Abejita, ¿crees que nos podremos encontrar alguna vez?

—Creo que nos veremos pronto. Creo que por eso estoy aquí.

Dime no podía escabullirse a una tienda del dólar, aunque tuviera siete dólares y setenta y dos centavos escondidos en un zapato viejo, recolectados de las monedas perdidas en su pequeño departamento. Habían estado encerrados los últimos días, y Dime ni siquiera podía salir de su pequeña habitación. Se pasó todo el día hablando con Abejita, aunque había ruidos fuertes afuera.

En cambio, Dime se escondió debajo de sus mantas con Abejita, el títere ahora con un solo ojo (eso era mejor que no tener ninguno), y le pidió a Abejita que le contara las historias que la mamá de Abejita solía contarle.

Abejita se detuvo en medio de *El árbol de enebro*.

—Dime, sabes que eres mi mejor amiga, ¿no?

Dime lloriqueó, asustada.

—Sí, tú también eres mi mejor amiga.

—Quiero que sepas que cuando nos encontremos, dejará de doler. A mí solo me dolió un poco cuando sucedió, y luego podemos volar a cualquier lado, ¿sí?

—¿Podemos ir al acuario? Quiero ver los peces.

—¡Sí! Y podemos flotar cerca de la playa. ¡Podemos buscar dólares de arena!

En ese momento, Dime apretó su pequeña bolsa de baratijas escondida en otro calcetín. Ni siquiera escuchó o sintió la primera bala, porque estaba pensando en la playa y en el acuario. Ni siquiera sintió el frío mientras la sangre brotaba de su pecho y de su columna vertebral. Sintió un poco de asfixia, luego un dolor, luego nada cuando llegó la segunda bala.

Pronto, en lugar de un títere, escondida en la manta con ella había una niña con cabello dorado y una pequeña cicatriz en el labio.

—¿A dónde quieres ir primero?

LATIDOS

Debajo de la tierra, capa bajo capa de roca, en los pozos mismos del Infierno, hay un museo. El museo es y siempre ha sido. Ni siquiera el diablo mismo podría decirte cómo llegó a ser, sus muros y pasillos en constante expansión aparecían como fuera necesario. El museo no alberga obras de arte famosas, ni invenciones, ni artefactos de valor incalculable. En cambio, es un museo de monstruos.

Eso puede parecer apropiado para el Infierno, pero este museo alberga todas las creaciones monstruosas que alguna vez existieron, malvadas o no. Cuando entras, un enorme gálico embalsamado te recibe en la puerta, sus trece manos delgadas invitándote a entrar. En un pasillo con el tema del interior de un volcán, los avawaitianos con forma de murciélago se exhiben en lo alto, y los wints, criaturas de magma extintas, posan ante letreros rojos brillantes. Un gran kraken es la exhibición principal en el centro de las salas oceánicas, una de las cuales ostenta la serpiente con colmillos de dos cabezas, Andreas.

Los niveles inferiores exhiben otras rarezas. Las salas oscuras tienen vampiros en vitrinas de vidrio en las esquinas, pero los visitantes deben usar las gafas de visión nocturna en la entrada para verlos. Los aulladores se encuentran en las salas iluminadas por la luz de la luna, y si uno presiona un botón de la exhibición, puede escuchar una grabación de sus aullidos ya desaparecidos.

Pero nadie usa nunca las gafas o presiona el botón. El museo nunca ha tenido un visitante en este lugar infernal. Solo el aire caliente y rancio atraviesa los pasillos vacíos, revolviendo el pelo de un aullador en exhibición o acariciando a un kraken.

En el ala este, sola, hay una pequeña y extraña exhibición. Es una sala sin tema, sus paredes de color olivo descolorido con revestimiento de madera blanca lisa. La sala es grande, demasiado grande para la única exhibición. Lo que allí se exhibe es la joya de la corona del museo. En el centro, detrás de las cuerdas de terciopelo a la altura de la cintura, hay un tanque sin agua. En el lado izquierdo del tanque, sin vida, está el cuerpo del único Athkardia.

El Athkardia era el único de su tipo, una criatura de tamaño y forma insignificantes. No era más alto que un hombre alto, o más bajo que uno bajo. Tenía dos piernas normales, dos brazos normales y un rostro humano en mayor parte indefinido, sin un par de colmillos ni ojos adicionales a la vista. Había una sola característica que diferenciaba al Athkardia de su pariente lejano, el humano, y era el espacio hueco en la izquierda del pecho, en vez de un corazón.

Miles de años atrás, el Athkardia había nacido, de alguna manera. Vivió, y luego murió, solo. O al menos, parecía haber muerto. Nunca hubo un latido o un aliento. El Athkardia simplemente se detuvo. No era como un zombi (segundo piso, tercer pasillo a la derecha), porque nunca fue reanimado. Era singularmente insignificante y, sin embargo, aún más exclusivo para el curador inexistente. El Athkardia, por más inerte que hubiera sido, aún estaba vivo. Simplemente, se había rendido y había aparecido aquí, en el Infierno.

Aunque el museo en el Infierno nunca tuvo un solo visitante, lo mismo no se podía decir de su compañero en la superficie. Los dos museos estaban conectados, aunque no siempre ocupaban el mismo lugar. Era el duplicado, el espejo del que estaba en el Infierno. El museo en la superficie sí tuvo un invitado. Uno solo.

Se llamaba Edda, y era, en general, bastante normal. Tenía una vida normal, con una familia encantadora y aburrida. Edda tenía un trabajo encantador y aburrido como cajera en el cual podía soñar despierta todo lo que quisiera. Incluso tenía un pez dorado perfectamente encantador y aburrido llamado Juniper, a quien contaba todas sus esperanzas y sueños.

Edda solo tenía una anomalía: había nacido sin latidos cardíacos. Los médicos habían entrado en pánico, pero nadie había podido explicarlo. Podía caminar, hablar, correr y reír sin que el pequeño órgano se moviera. Ella lo aceptó, una pequeña cosa milagrosa que vivía una vida normal tanto como podía.

Una de las cosas favoritas de Edda era simplemente caminar por el parque cercano de camino a casa desde el trabajo. El parque en sí también era algo aburrido y encantador, con un sendero de concreto que se curvaba alrededor de montículos de hierba y laderas. Había pequeños surtidos de flores silvestres y árboles que salpicaban la hierba. En una noche así, no fue una planta encantadora lo que la sedujo fuera del camino, sino el reflejo de una roca particularmente brillante, que mostraba un destello rosado en el atardecer. Se apartó del camino para observarla, levantando el pequeño y suave trofeo. Mientras le daba vueltas con los dedos, se apoyó en una colina cercana, y se cayó.

Cuando se levantó, estaba en un túnel extraño de piedra tallada. Edda no tenía idea de que había cuevas en este parque. Mientras se sacudía, guardando la piedra brillante, admiró la señalización bastante amigable tallada en las paredes. Los carteles apuntaban detrás de ella, más profundo hacia el extremo resplandeciente del túnel. Las señales decían cosas como:

«¡Acércate a ver lo milagroso!»

«¡Las criaturas más hermosas que el mundo haya visto jamás!»

«¡Lo fantástico! ¡Por aquí!»

«¡Tienda de regalos abierta!»

Envalentonada por la curiosidad, Edda siguió las señales hacia el túnel hasta llegar a la entrada del museo. Su fachada estaba tallada maravillosamente en la piedra, con encantadoras imágenes de criaturas de todas las formas y tamaños. Arriba, en la marquesina, en letra grande y elegante, se leía «GRAN MUSEO DE MONSTRUOS», y a continuación, en letras pequeñas, «¡Mira a los seres más espléndidos que jamás hayan existido!»

¿Monstruos? Edda no sabía si proceder o no. Uno de los beneficios de no tener latidos cardíacos era la ausencia de un corazón acelerado y temeroso. Lo que tenía era una curiosidad natural. Y nuevamente sentía un tirón extraño en su pecho, diciéndole que se dirigiera hacia adentro. Al menos, se preguntaba qué podría estar a la venta en esa tienda de regalos.

Al cruzar las grandes puertas dobles, fue recibida por un enorme gálico embalsamado. En vez de asustarse (ya que, de nuevo, no podía sin un corazón que se acelerara), las trece manos que la recibían le parecieron bastante agradables. Saludó con la mano y entró, siguiendo el tirón en su pecho. El tirón la llevó hacia el este, más allá de la sala «Montaña» con el Yeti embalsamado posado sobre picos de hielo falsos. Atravesó una exhibición arbórea en la que un modelo del Chupacabras perseguía a un modelo de una cabra. Siguió más allá de una de las exhibiciones de la selva, en el que el Hitarachi, parecido a un jaguar, miraba con la mirada vidriosa. La llevó a una sala muy sencilla, de color verde oliva, con revestimiento de madera blanca. En el centro de la habitación, en un tanque detrás de cuerdas de terciopelo, había lo que parecía ser un hombre.

Se acercó, sus pasos resonaron aún más fuerte en la sala cavernosa y vacía. El tirón parecía vibrar cuanto más se acercaba. Había un pequeño letrero discreto al lado de la exhibición que decía: «Por favor, no toque el vidrio». Edda cerró los dedos, pensando si debía o no hacer caso omiso de la regla. Quería tocar el vidrio desesperadamente, inclinarse sobre las cuerdas de terciopelo e investigar. ¿No era extraño que un hombre estuviera aquí? Si había muchos hombres afuera del museo, ¿por qué este era un espécimen necesario?

¿Era un hombre muerto? ¿Conservado lo suficientemente bien como para verse vivo? Su pecho no se movía. ¿Tal vez era un modelo de cera bien logrado? Mientras estas preguntas daban vueltas en su cabeza, se distrajo y se apoyó en las cuerdas, colocando una mano sobre el vidrio, el tanque vibrando bajo su mano. Detrás del cristal, podía ver al hombre, los ojos cerrados, como si estuviera simplemente dormido. Tenía una nariz sencilla y recta, y su cara tenía una forma agradable. Intrigada, Edda se inclinó aún más, su aliento empañando la exhibición.

Detrás del cristal, los ojos del hombre se abrieron de golpe. Si Edda hubiera tenido un latido de corazón, se habría detenido de la sorpresa. En cambio, se irguió derecha mientras el hombre detrás del vidrio la miraba.

El Athkardia inclinó la cabeza para ver a esta criatura al otro lado del vidrio. Había pasado mucho, mucho tiempo desde que había visto a otro ser vivo cuando se había acostado a dormir milenios atrás. Había soñado sueños extraños de criaturas que se veían como él. Los había visto construir pirámides, templos, castillos y ciudades. En sus sueños, los vio aprender idiomas, aprender a escribir y a hacer cosas. Podía escuchar sus conversaciones, cómo luchaban entre ellos o se amaban con desenfreno.

Aquí, frente a él, en este extraño lugar, había una de esas criaturas, como si hubiera salido de sus sueños. Tenía un color marrón cálido en los ojos y una bonita redondez en las mejillas. Su cabello era una nube suave de rizos negros apretados que formaban un halo alrededor de su cabeza. ¿Era su captora? Con lo que parecían dedos tan suaves y una expresión preocupada, no podía serlo.

Con curiosidad, presionó su mano contra la de ella en el vidrio. Enfrió la piel de la palma de su mano en el aire cálido y seco del Infierno, pero podía sentir un susurro de calor que procedía de ella. Un calor diferente como la brasa de un fuego que se ha apagado.

—¿Qué... quién eres? —dijo Edda, dejando una

marca con su aliento en la parte de afuera del tanque, distrayendo al hombre que estaba adentro. Se alejó para rodear el tanque, y finalmente encontró una pequeña placa dorada. Leyó en voz alta—: ¿Ath... Athkardia? ¿Eso es lo que eres?

Él quería decir algo, responder, pero sus labios y boca estaban secos por el largo sueño. Tenía miedo, aunque no tuviera un corazón que latiera rápidamente. La voz de ella era suave y musical. La de él, bueno, no sabía cómo sonaba. Nunca había tenido una razón para hablar antes. ¿Le asustaría su voz? Se lamió los labios, y el rostro de ella adquirió una expresión curiosa. Edda continuó leyendo la descripción y se emocionó.

—¡Tú! —Sonrió emocionada—. ¡Tienes lo que yo tengo! ¿O no... tengo? ¡Tampoco tienes latidos! ¡Eres como yo! —Rebotó en las plantas de los pies y aplaudió de alegría.

El Athkardia se movió en su tanque. *Como ella*. Había dicho que eran iguales. Su alegría era contagiosa. Sonrió. Si tan solo pudiera salir de este tanque. Mientras se erguía completamente, los ojos de Edda se abrieron de par en par y un rubor se apoderó de su rostro, ya que lo habían colocado en el tanque sin ropa. Apartó la vista rápidamente. Tal vez ella podría sacarlo si él quería salir.

—¿Quieres salir de allí? —le preguntó, mirando a su alrededor en busca de algo que le ayudara a trepar al tanque. Una escalera serviría si hubiera una. Ella podría romper el cristal, pero él podría salir lastimado. También podría activar una alarma. Ella no había sido recibida por nadie de seguridad o del personal; ¿quién vendría en el caso de una alarma en un museo de monstruos? El pensamiento le produjo escalofríos.

Mientras Edda evitaba mirar al Athkardia, él la siguió desde su tanque. *Sí*. Quería decirle. *Quiero salir*. En la esquina había un pequeño pestillo y cerrojo que, al moverlo, abrió una puerta. Podría haber jurado que el pestillo no había estado allí antes.

Bajó, salió del tanque y se dirigió hacia la chica. El suelo de baldosas se sentía frío contra sus pies descalzos. No queriendo asustarla, se aclaró la garganta al acercarse. Edda se volvió, no sorprendida, porque no podía estarlo, pero una sonrisa se dibujó en sus labios.

—¡Saliste! ¡Oh! —Se dio cuenta de que todavía estaba desnudo, y se avergonzó. Ella mantuvo el rostro hacia adelante, donde ahora podía ver el rojo que se extendía de su cuello a sus mejillas. Él sonrió. Ella le tendió la mano—. Soy Edda.

Él había visto a las criaturas como él darse la mano en sus sueños. Trató de agarrar su mano, pero no se tocaron. Cada mano pasaba a través de la otra sin obstáculo como el aire. Desconcertado, el Athkardia lo intentó de nuevo, con un dedo en la parte superior de la mano. Aun así, ninguna sensación. Esto lo frustró. Sus manos parecían suaves, con dedos pequeños y redondeados. Él se preguntó cómo se sentiría entrelazar los dedos, tocarse. Se preguntó si ella se sonrojaría o sonreiría.

En cambio, frunció el ceño y se encontró con la expresión confundida de ella.

—¿Eres un fantasma? —dijo ella.

¿Fantasma? No. Había sido capaz de empujar la puerta para abrirla. Pero incluso él sintió un estremecimiento de duda. Se acercó a una de las cuerdas de terciopelo y la balanceó. Ella hizo lo mismo con la misma cuerda cuando dejó de balancearse. Parecía que podían tocar cosas, pero no entre sí.

En lugar de pensarlo demasiado, Edda frunció el ceño y le hizo un gesto para que la siguiera. Salieron de la sala y entraron a las demás. Edda miraba y seguía los letreros con determinación. El Athkardia miró las diferentes exhibiciones y monstruos, pero le interesaba mucho más el ser que estaba frente a él, y el extraño tirón que había aparecido en su pecho. En sus sueños, había visto a muchas de estas criaturas. Altas, bajas, algunas con pelo y otras sin pelo. Ninguna había despertado su curiosidad como esta ni le había parecido tan interesante. La forma decidida en que sus pequeños pies se estampaban en el suelo. Su redondez y cómo se movía. El ligero rebote de su cabello rizado. Todo esto lo distraía de las maravillas que pasaban.

—¿Tienes un nombre? —dijo ella, mirando por encima del hombro durante un breve segundo antes de mirar hacia adelante nuevamente.

Él negó con la cabeza, luego se dio cuenta de que debía decir algo.

—No —graznó. El idioma no le era familiar a su boca, pero le gustaba. Quería intentarlo de nuevo.

Ella se dio vuelta, interpretando su graznido como un signo de frustración, y automáticamente quiso darle una palmadita en el hombro, pero se detuvo, apretando el puño. Aquí, en la luz del pasillo exterior más brillante, pudo ver que su piel se veía más cálida de lo que había pensado. Sus ojos, todavía sin parpadear, se veían bondadosos, curiosos. Señaló con el pulgar detrás de ella.

—Creo que llegamos.

La marquesina arriba decía TIENDA DE REGALOS. En el interior, había una colección típica de artículos, todos alineados con sus precios. Había globos de nieve del Yeti, guantes de juguete de gálicos, pequeñas estatuas de varias criaturas y versiones de peluche con grandes ojos de cristal. Edda fue directamente a la ropa y miró las camisetas. Regresó con una camiseta que decía «Los Vampiros NO APESTAN», pantalones de pijama con el Andreas impreso en las piernas y sandalias con avawaitianos en el centro.

—Toma, por qué no te los pones, y yo pagaré.

Pudo agarrar la ropa, tratando de rozar un dedo con el de ella, pero no tuvo suerte.

Edda fue al registro. Buscó una campana o timbre para llamar a un asistente, cuando vio otro letrero: «Paga con algo que te guste». Estaba desconcertada, y mientras buscaba su billetera, sacó la roca lisa que había encontrado antes. No había nada que explicara por qué lo hizo, pero le dio un beso a la piedra, la frialdad helándole los labios, y la dejó en el mostrador. Desapareció, como por arte de magia, y en su lugar había un pequeño recibo de los artículos comprados.

El Athkardia ya estaba vestido, así que se volvieron para salir de la tienda de regalos.

—Edda —dijo él.

El sonido era agradable. Lo repitió, gustándole como su nombre hacía que su lengua golpeara el paladar.

Ella se detuvo. A ella también le gustaba el sonido de su nombre en sus labios. Ella lo miró fijamente con su ropa nueva, ahora que ya no se avergonzaba de verlo. Los pantalones de pijama lo suavizaban, parecía que sería acogedor acurrucarse con él. El rojo de la camiseta resaltaba el rojo de sus labios. Ella tragó.

—¡Eso me recuerda! ¿Cómo quieres que te llame?

Él se encogió de hombros.

—Yo... no tengo nombre, Edda. —Le gustaba la

forma en que la frente de ella se marcaba cuando decía su nombre.

—Bueno... ¿te gustaría uno?

Él asintió.

—Déjame ver... —Edda se golpeó la barbilla con los dedos mientras pensaba y caminó a su alrededor—. Hay muchos nombres... Supongo que puedo nombrarte algunos hasta que encuentres uno que te guste. ¿Qué te parece Sam? ¿Michael? ¿David? ¿John? ¿Bruce? ¿Brandon? ¿Myles? ¿Carlos? ¿Robert? ¿Roberto?

Continuó, recordando tantos nombres como pudo, hasta que llegó a «Clark», y el Athkardia señaló.

—¿Clark? —dijo ella de nuevo para confirmar, su lengua chasqueando contra sus dientes mientras lo decía.

—Clark. —Él sonrió.

—Bueno, encantada de conocerte, Clark.

—Edda.

Él quería estrecharle la mano de nuevo, para practicar el saludo, pero no quería repetir su decepción anterior. Hubo un movimiento en su pecho, un aleteo suave, que no había sentido nunca. Tan pronto como llegó, se fue.

Por la forma en que Edda llevó la mano a su pecho, ella también lo había sentido, pero se recuperó rápidamente.

—Bueno, Clark, ¿qué quieres hacer ahora? —dijo ella, posponiendo la vuelta al mundo real.

—Yo... Yo... No sé. ¿Qué te gustaría hacer?

—¿Te gusta algún lugar del museo?

Clark negó con la cabeza.

—Yo nunca lo vi...

La boca de Edda se volvió una «O» de la sorpresa.

EN AUSENCIA

—Pero... ¿estabas aquí? ¿Y nunca lo has visto?
Él negó nuevamente.
—Bueno, ¿te gustaría explorarlo conmigo?
—Sí. Me gustaría, Edda.

Corrieron por el museo como niños. Fueron a la sala oceánica, donde Clark le contó uno de sus sueños en el que había un kraken que se parecía mucho a ese, y del pequeño bote que había sobrevivido. Fueron a los corredores desiertos y aprendieron de los enormes nemines, parecidos a sapos, que podían caminar sobre dos grandes patas que tenían en la cima cuerpos achaparrados. Se divirtieron intentando imitar su caminata, Edda agachando la cabeza en los hombros y balanceando los hombros de un lado a otro. Escucharon los sonidos grabados de los aulladores, Clark haciendo su mejor impresión, frunciendo los labios cómicamente. Mientras lo hacía, un mechón de cabello le cayó en la frente, y Edda quiso extender la mano y apartárselo de la frente. Se resistió.

En la sala nocturna, se colocaron las gafas de visión nocturna gratuitas para caminar entre los vampiros, manteniéndose cerca y deseando poder abrazarse. Los ojos pálidos les observaban desde el cristal. Algo comenzó a dolerles a ambos en el pecho. Un aleteo que ninguno había sentido antes. Sus pasos se aceleraron.

Cuando salieron de la habitación, Clark notó algo. Podía olerla, un ligero perfume que le recordaba los campos de flores silvestres. Edda movió la nariz. Ella también podía olerlo. Olía a tierra, a humo, como una fogata. Olía a calidez. Le gustaba, y mientras caminaban por las salas restantes, se acercó para sentir más.

Corrieron de regreso a las salas de la selva, separándose en cada exhibición inmersiva y arbolada de cada criatura espantosa y maravillosa. Había una exhibición dedicada al Hiberdiano, su enorme boca en forma de camello haciéndole parecer más aterrador de lo que era. Clark había visto algunos hacía mucho tiempo, pero no había nada que temer, explicó. El Hiberdiano solo comía fruta y le gustaba andar solo. Una vez al año les crecían gigantescas alas como de polillas y volaban hacia los árboles para encontrar pareja. Sus manos imitaron su vuelo, y la forma en que se posaban en las copas de los árboles para entonar sus cantos de apareamiento. Escucharon la exhibición de sonido junto al diorama, y terminaron riéndose de cómo, en vez de sonar como pájaros elegantes, sonaban como gallinas cacareando.

Edda le contó a Clark de cuando su familia había ido de campamento mientras estaban en uno de los pasillos forestales. Habían contado historias de terror, y aunque ella no se había asustado, no había podido dormir. Caminaron hasta la exhibición de los gorgalnapos, un cruce entre un lobo, un ogro (pasillo oeste, sala 5) y una mariposa. Se comunicaban bailando, decía la exhibición, con un diagrama de los movimientos. Edda y Clark casi se cayeron de risa mientras intentaban decir «hola» en gorgalnapo.

En las salas cavernosas, modelos de estalactitas y estalagmitas ocultaban el gigantesco modelo del Cramanarián, parte gusano, parte mono. A Edda se le enganchó accidentalmente el pie en la exhibición y se cayó. Antes de que pudiera golpear el suelo, por instinto, Clark la alcanzó y la atrapó antes de que se empalara en una de las estalagmitas de yeso. Esta vez no se atravesaron el uno al otro. La piel era sólida para el otro. Enderezándose, Edda se conmocionó. En su pecho, sintió una sensación muy nueva. Un latido. Puso una mano sobre él. Su corazón, un corazón que nunca había latido, lo hacía con fuerza. Miró, asombrada, a Clark hacer lo mismo.

—¿Tú también?

—Sí —dijo él, estupefacto.

—¿Puedo? —Ella acercó su mano y él la cubrió con la suya para que sintiera el latido de su corazón.

Un corazón que no había estado allí hace unos momentos. Respiraron aceleradamente, emocionados. Él extendió la mano y ella la tomó con su otra mano para llevarla a su pecho. Allí, sus dos corazones latían rápidamente con la misma cadencia vertiginosa. Era nuevo, pero por primera vez ambos se sentían completos.

Edda levantó la mano para tocarle la cara. Su piel era más cálida de lo que había sospechado. Clark siguió su ejemplo, tomando su mano en la suya. Ella se apoyó en su mano mientras él le acariciaba la mejilla redonda y delicada con un pulgar. Su rostro se sentía suave contra la yema de su dedo, una hoja sedosa como las que solía recolectar para recostarse hace milenios.

Si así se sentía ver, oler, escuchar, tocar... ¿cómo se sentiría saborear? Los dos parecían haber tenido la misma idea, acercándose y uniendo tentativamente sus labios. Su piel era suave, pero sus labios lo eran aún más. Un sabor que era fresco como beber de un río fresco. Clark no quería detenerse nunca, su nuevo corazón latiendo al ritmo del de ella. Edda cerró los ojos y entrelazó sus dedos detrás de la espalda de él.

Antes de partir, escucharon una monótona voz robótica por el intercomunicador del museo:

—El museo cerrará en quince minutos. Por favor,

recojan todas sus pertenencias y abandonen el edificio.

Clark pareció asustado. No quería volver al tanque.

Edda sonrió.

—¿Listo para ir a casa, Clark?

Él entrelazó sus dedos con los de ella.

—Sí.

Salieron, pasando todos los letreros de salida, hacia un parque iluminado por la luna. Se miraron el uno al otro y los senderos que tenían delante, pero no hacia atrás.

En el museo, ya no hay un Athkardia vivo en un tanque. En cambio, hay dos estatuillas, sus manos unidas. Un hilo rojo los conecta, y si presionas un botón, dos pequeñas luces rojas comienzan a brillar en sus pechos.

EXTRAÑOS EN LA NOCHE

Atardecer

Luna llena, demasiado temprano. Jenny caminaba por los bordes de un campo bajo, la sensación de ebullición latiendo ya en sus venas. Las noches en que la luna llena salía antes de que el sol se hubiera escondido completamente eran las peores. Con el sol aún visible, tendría que encontrar un lugar oscuro para lidiar con el cambio, y no podría deambular fuera de las sombras. La luz del sol le quemaba la piel cuando se transformaba. Su control ya sería escaso, y le sería difícil no ceder a su hambre, incluso con la luz del día abrasándola. Lo que era aún peor que las ansias era el riesgo de ser atrapada temprano en la noche por un granjero o ranchero. Morir de esa forma, asesinada a tiros mientras buscaba la comida que necesitaba, sería...

¿Humillante?

Estaba segura de que parte de la maldición era humillar. ¿Por qué si no se transformaría en una criatura tan grotesca?

Hablando de eso...

Estaba comenzando. Jenny podía transformarse completamente vestida, pero le gustaba mucho este par de jeans. Se acostó en la parte trasera de su camioneta, escondida en un bosquecillo entre tierras de cultivo. Se quitó los pantalones y su camiseta desgastada para acostarse desnuda sobre una lona vieja. El metal viejo y caliente le picaba ligeramente por debajo de la tela, y los surcos de la plataforma de la camioneta eran un lugar incómodo para acostarse. Le gustaba cómo el dolor la distraía, y estaba a punto de empeorar.

Ya podía sentirlo en la mandíbula, un dolor fuerte que indicaba que sus dientes estaban saliendo y que se estaba remodelando en un hocico puntiagudo. Sentía una sensación de escozor y estiramiento en sus axilas mientras la piel se estiraba hasta los codos y las muñecas. Apenas se había quitado el sostén antes de que sus brazos no pudieran estirarse hacia atrás. Sus sentidos se habían intensificado, y ya podía escuchar el llamado de los animales, atrayéndola a la noche.

Diez minutos para la puesta del sol

Tal vez tres envases de Vicks VapoRub eran demasiados para traer, pero Elías sabía que inevitablemente uno se perdería y, probablemente, otro sería devorado por uno de sus compañeros. O quizás, le daría hambre y perdería el control, y terminaría comiéndose el aceite mentolado *otra vez*. En realidad, tres envases era, probablemente, un buen número. Además, necesitaba desesperadamente algo para lidiar con el dolor.

Había estado rodeado de cabras toda su vida, considerando la aflicción de la familia y, por lo tanto, la profesión que había elegido, y aun así no podía soportar el olor por periodos de tiempo extensos. Por no

EN AUSENCIA

hablar de los estragos que causaban las otras criaturas en sus alergias. No, la mejor solución era taparse la nariz antes de la transformación. Esto aseguraba que sus senos nasales permanecieran «funcionales» y que evitara los olores fuertes del pelaje de los animales, el heno, la orina y las heces. No ignoraba la ironía de que una cabra pudiera ser alérgica a la cachemira. Esperaba que su antihistamínico sobreviviera a la noche.

El sol se estaba ocultando, y ya podía sentir el cambio que se avecinaba. Le dolían los pies. Siempre empezaba por sus pies y sus manos. Apresuró su preparación. El cambio llegaría más temprano esta noche debido a la luna alta. Podía sentirlo en sus huesos, que ya se movían y sonaban. Se desnudó, dobló su ropa y la dejó en la caja de metal que había traído consigo. Su «kit de supervivencia». Se untó Vicks por todas partes y metió una buena cantidad en la nariz por si acaso. Luego conectó su viejo iPod y el altavoz en la parte superior de la sección de madera del recinto. Comenzó su lista de reproducción de Luna Llena, una buena mezcla de baladas de los 90, sonidos de la naturaleza, R&B, y que terminaba con cantantes de la vieja escuela. ¿Qué podía decir? Elías era un romántico. La música le ayudaba a mantener la tenue conexión con su lado humano.

Su lado humano estaba desapareciendo rápidamente. Sus pies ya se habían transformado en pezuñas, sus dedos se fusionaron y sintió la presión en sus globos oculares cuando comenzaron a cambiar. Comenzó a gotear sangre por su rostro cuando los cuernos salieron de su cráneo. La limpió con una toalla cercana. Ahora solo quedaba sentarse, relajarse y esperar la salida de la cabra.

Noche

Jenny no era Jenny. No realmente. Quedaba algo de ella, atrás, a veces gritando, otras veces caminando, otras veces haciendo listas de tareas pendientes después de que se hubiera rendido. «Cambiar el aceite de la camioneta, ir al supermercado a comprar jugo de manzana, organizar los impuestos». La Jenny humana era inútil, impotente en el cuerpo del monstruo. Lo que se apoderaba de ella era una figura pálida y encorvada con un hocico largo con colmillos. Sus brazos eran alas de cuero, coronadas con garras y púas que cubrían su columna vertebral. Guapa si te atraía la utilería de casas embrujadas. A su especie le llamaban *chupacabras*, el resultado de una maldición de larga data de un lado de la familia al otro.

Había habido otro nombre para lo que realmente se llamaban, pero era difícil de pronunciar, y todos lo habían olvidado hace generaciones. A Jenny le molestaba la imprecisión del nombre porque, por supuesto, no cazaba *solo* cabras. En realidad, en esta forma, perseguía cualquier cosa con pelaje y un pulso. A veces los devoraba enteros, otras veces tomaba un bocado o un poco de sangre fresca. Pero claro, la cabra era lo más sabroso. Jenny no sabía por qué era así. No le gustaba comer cabra en su forma humana. De hecho, mantenía una dieta principalmente vegetariana cuando no estaba en este estado. Era su manera de aliviar la culpa por esas noches en las que sentía el fuerte sabor metálico en la lengua, el recuerdo de un animal gritando que acompañaba el sabor. Los días en que la luna crecía y menguaba no aliviaban estos recuerdos, sino que vivía con una dieta constante de arrepentimiento y remordimiento.

EN AUSENCIA

Ya había devorado dos gallinas pequeñas, un ratón de campo y había disfrutado un bocado de un caballo. Aunque solo un mordisco, la bestia le había pateado directamente fuera del establo. Habría un moretón a la mañana siguiente.

Habían pasado horas después de la medianoche, unas pocas horas antes del amanecer. Debería haber estado regresando a la camioneta, o al menos a esa área, pero en cambio la maldita criatura quería merodear. Por lo tanto, Jenny estaba encaramada en lo alto de unos pinos, usando una garra para sacar algunos mechones de pelo de los dientes, cuando un viento sopló hacia el oeste.

El aroma que llevaba consigo era *delicioso*. Cabras. Había un rebaño cerca donde el sol saldría en breve. Aunque se había saciado de sangre y bestias, no podía negar la tentación de ese aroma. Se le hizo agua la boca. Solo un bocado. Una probadita.

Antes de que pudiera disuadir a su monstruo a que no lo hiciera, la bestia desplegó sus alas y planeó hacia el este.

El rebaño ya se estaba despertando, rodeando su corral. Algunos masticaban el bolo alimenticio, otros se acurrucaban. Se mantuvieron juntos, excepto por uno. Uno marrón y blanco en la parte de atrás, tratando de dormir solo, lo que era... extraño.

Pero lo extraño le venía bien, ya que ese sería al que se podría acercar. El estar separado del rebaño lo convertía en la presa perfecta. Acechó los bordes, acercándose a la cabra solitaria de color marrón y blanco. Más cerca... más cerca... pero eso era... ¿eucalipto? El olor era fuerte, casi desalentador para el monstruo. Pero ahora la parte humana tenía demasiada curiosidad. ¿Por qué esa cabra olía a crema medicinal?

¿Y eso era música? Tal vez al dueño de las cabras le gustaba la idea de calmarlas con canciones. En ese momento, la cabra se despertó, los ojos fijos en el monstruo de Jenny. Sus ojos se encontraron, ambos sobrenaturales, mientras comenzaba «*The Way You Look Tonight*» de Frank Sinatra.

¿Se veía demasiado aterradora? ¿Por qué demonios le importaría si la comida la consideraba aterradora?

Por supuesto, se había visto a sí misma un par de veces antes en el parabrisas del auto o reflejada en una ventana oscura. No entendía por qué la gente pensaba que un chupacabras era aterrador. De hecho, pensaba que su forma era bastante... linda, al estilo marsupial calvo. Tenía ojos grandes y curiosos como un murciélago, manos pequeñas y adorables con garras en los extremos de las alas, una cola carnosa con un lindo mechón de cabello oscuro al final. Incluso sus pequeños colmillos eran un poco entrañables, colgando de sus mandíbulas como el diente nuevo de un niño.

¿Qué le importaba si la adorable cabrita estaba asustada? Era una comida. Algo de lo que beber sangre nutritiva y deliciosa. Estaba demasiado llena para destrozarlo y darse un festín con sus tiernos músculos, grasa y tendones, pero aun así quería beber su sangre. Pero también quería... ¿*acariciarla*? Tal vez darle un buen rasguño a esta cabrita detrás de las orejas y alrededor de los cuernos. Bueno, tal vez rasguñarle en el dorso como a un cachorro. ¡Pero solo eso! ¡En serio!

Se acercó, tambaleándose de forma lenta y poco

elegante sobre sus pies con garras. Su cuerpo se balanceó un poco de un lado a otro mientras se dirigía a la cabra solitaria. Atrás quedó el depredador salvaje y sigiloso que había sacrificado ganado en el pasado. Aquí había una pequeña criatura triste y tímida, abriéndose paso a tientas y tratando de no asustar a otros animales.

La cabra entrecerró los ojos. Unos ojos que eran inquietantemente conscientes. Pero no corrió, ni se movió para darle un cabezazo. Se quedó quieta, siguiéndola con sus pupilas horizontales.

No podía hablar en esta forma; su voz saldría como un chillido o un aullido. Eso no le impidió tratar de hacer pequeños arrullos, o algo que se le pareciera. Sonaba más como un balbuceo lamentable, intercalado con escupitajos incontrolables.

Jenny se acuclilló cerca de ella, y la cabra se mantuvo quieta, bien erguida. Tenía curiosidad. Levantó una garra y la acercó lentamente a la oreja de la cabra. La rascó con los dedos, suavemente al principio, pero la cabra se inclinó hacia ella. Comenzó a rascar más rápido, moviéndose hacia la otra oreja y luego hacia la base de los cuernos. La cabra sacudió la cabeza siguiendo su mano. Envalentonada, Jenny añadió la otra mano y rascó la cabeza y la espalda. La cabra se estremeció de aprobación; toda la escena se veía como si un niño feo acariciara a un cachorro demasiado entusiasta.

Si bien había heno y el aroma espeso al pelaje de los animales, había otro olor que sobrepasaba los sentidos de Jenny. El fuerte mentol del ungüento medicinal. Alguien debía estar resfriado, tal vez el pastor o el peón que cuidaba a estas criaturas. Pero el aroma y el sonido de Sinatra relajaron a ambos.

La cabra se arrodilló en el suelo y Jenny se unió a ella.

Después de acariciarlo un rato, casi se había olvidado de su hambre. Casi, pero no del todo. Lo único que quería era una probada, un postre después de una noche activa. Se sentía relajada, acariciando suavemente a la criatura con un ala sobre ella. La música sonaba suavemente, y el horizonte había comenzado a aclararse. Su hocico estaba justo en ángulo con el cuello de la cabra. Con una delicadeza lenta y suave, hundió sus colmillos en ella. La cabra estaba medio dormida, y aunque se puso tensa, pareció relajarse un poco más con las caricias. La sangre corrió, cálida, con un regusto a vino, y Jenny la lamió distraídamente.

Y como el vino, le hizo sentir increíblemente somnolienta. Cerró los ojos, relajándose junto a la cabra por un momento.

Mañana

Elías se despertó con la sensación de que había algo pesado en su estómago. Como de costumbre, le dolía todo, un efecto secundario del cambio. Inclinó la barbilla para mirar hacia abajo. Había una mujer desnuda. Una mujer muy desnuda sobre su cuerpo.

Se había ido a dormir como un animal de granja y se había despertado con una cita que no podía recordar. La cabeza de ella descansaba sobre su estómago con una mano metida debajo, mirando hacia él. Todavía estaba (afortunadamente) dormida. El cabello largo, negro y rizado lo cubría detrás de ella, ocultando su erección matutina. Aunque, mirándola, probablemente la mañana no era lo único a lo que se debía su erección. La mujer tenía la piel morena y cálida, más oscura en los brazos y las piernas, ojos grandes y labios carnosos en una cara redonda enmarcada por cejas gruesas y cuadradas. Un cuerpo con curvas, pero musculoso y suave en algunos lugares. Era activa, fácil de ver por los músculos en sus piernas gruesas y sus antebrazos. Posiblemente, trabajaba al aire libre, por las líneas de bronceado en su cuerpo. La combinación de su curvatura carnosa, sus pezones oscuros y su aspecto descuidado era claramente atractiva para Elías.

Elías arrancó su cerebro de la nube de resaca que envolvía su mente (también era un efecto secundario de su condición). Recordaba algunas cosas. Dormir. Escuchar los gruñidos de las cabras. Una rana que estaba fuera del recinto con la que perdió un concurso de miradas. Luego estaba esa cosa que había entrado a su corral.

Su cerebro de cabra había sentido curiosidad por la criatura. Era, bueno, una pesadilla, pero también un poco linda de la forma en que hay perros feos que son tan feos que son adorables y quieres abrazarlos y acariciarlos igual. Se había acercado a él, rebotando torpemente sobre sus pies, la cabeza balanceándose de arriba hacia abajo. Se acercó, no lo acechó como un depredador. También había emitido esos sonidos tristes y babeantes, como el jadeo de un animal lo suficientemente grande como para atascarse en su propia garganta.

Luego lo había acariciado con garras curvas. Nadie le había acariciado en su forma de cabra, pero la sensación era agradable. Le rascó en todos los mejores lugares, y terminó relajándose. Incluso cuando le mordió, lo cual había sido alarmante, se sintió como la mordida en juego de un animal, como cuando los gatos forcejean.

Se tocó la clavícula. Efectivamente, tenía dos marcas de perforaciones. El miedo se apoderó de él. ¿Y si esa criatura era un vampiro? No le gustó la idea de convertirse en un vampiro, además de un hombre cabra. Sería una abominación ser una cabra vampírica. Otra forma en la que el linaje de su familia sería todavía más retorcido y vergonzoso.

Respiró hondo ante la idea. Los ojos de la mujer se abrieron. Ojos cálidos y castaños bordeados de un ébano sombreado.

Gritó.

Elías también gritó.

Desayuno

Los huevos rancheros generalmente le causaban náuseas a Jenny en las mañanas después de una transformación. Pero no le mencionaría eso a Elías, que tuvo la amabilidad de prepararle el desayuno luego de encontrarla desnuda sobre él.

Cuando habían terminado de gritarse el uno al otro, lograron reconstruir los acontecimientos de la noche anterior. Se cubrieron a sí mismos. Elías le dio la ropa que había guardado, un movimiento inteligente de su parte. Como este era su pequeño rancho, entró y se puso shorts deportivos y una camiseta, pero no antes de que Jenny le diera un buen vistazo a todo su cuerpo mientras se alejaba. Era lo justo.

Era más delgado de lo que solía gustarle, con la piel un marrón más claro que la suya. Cabello negro y liso un poco largo y descuidado sobre un rostro delgado pero adorable. Tenía un buen trasero, que ella miró detenidamente mientras él caminaba hacia la casa. No pudo evitar que le pareciera un poco lindo mientras guardaba su iPod y recogía dos envases de Vick. Parecía que un tercero había sido devorado por otra cabra. Luego se dirigieron a su cocina.

Incluso el hecho de que fuera un hombre cabra era adorable. Era extraño, sin duda, pero cien veces mejor que ser una mujer chupacabras. Era realmente irónico que una cabra y un chupacabras estuvieran a punto de desayunar juntos.

Colocó los huevos en dos platos con pan tostado. Sirvió café a los dos y se sentó frente a ella.

—Así que... —empezó a decir él.

—Gracias por el desayuno.

Jenny mordió el pan tostado y movió los huevos en su plato. La luz de la ventana de la cocina proyectaba un rayo brillante sobre su mano, ahora coronada de uñas mordidas, y muy diferente a la piel pálida y que se quemaba con facilidad de la noche anterior.

—Bueno, pensé que lo mejor era alimentarte antes de que me des otro mordisco.

Él sonrió, tomando un sorbo de su café.

—¡No te mordí!

—¿Oh? —Se bajó el cuello de la camisa—. ¿Qué es esto, entonces? —Señaló las pequeñas marcas de perforaciones debajo de su cuello.

—En realidad, fue un mordisquito.

—Siempre ha sido mi sueño ser visto como aperitivo. ¿Cómo lo supiste?

Se sonrieron mutuamente. Jenny tenía que preguntar:

—Entonces, ¿cómo terminaste con esa maldición?

—¿Maldición?

—Sí, maldecido a convertirte en cabra.

—Bueno, es solo algo que hace mi familia. Somos hombres cabra, excepto Tío Ricardo que es un carnero, pero él es la oveja negra de la familia.

—Entonces, ¿no es como una maldición familiar que solo puede romperse con un... hechizo, o algo así?

—¿No? Empezamos a transformarnos en la pubertad. Tenemos que hacerlo todas las lunas llenas. ¿No es así el tuyo?

—Bueno, yo me transformo cada luna llena, pero solo las mujeres de la familia y solo después de nuestro cumpleaños número quince.

—¿Y esa cosa en la que te transformas es?

Jenny se llenó la boca de huevos rancheros y bajó la voz.

—Un chupa... ca... bras.

—¿Un qué?

—¡Dios! ¡Un chupacabras!

—Ah, bueno, entonces no es de extrañar que decidieras ir por la cabra más linda del rebaño. —Movió el pan tostado en su plato, una sonrisa furtiva escondida por otro sorbo de su café.

—No te *creas*.

Él le sonrió. Jenny tampoco pudo contener su sonrisa. Cuando sonrió, iluminó toda la habitación. Se preguntó qué haría él si le acariciara detrás de la oreja, así como estaba ahora. No había pelaje que rascar, ni cuernos que maniobrar, pero quería tocarlo de todos modos.

—Bueno, sé que esto sonará raro... pero ya nos levantamos juntos desnudos y también desayunamos... así que, ¿te gustaría echar un vistazo a la granja? Quiero decir, ¿siempre y cuando no vayas a tragarte a los animales?

Jenny terminó lo que quedaba de su café, mirando

al chico atractivo frente a ella. Se sentía atraída hacia él, claro, pero ¿qué harían en las lunas llenas? Tal vez era el monstruo que llevaba dentro, pero quería pasar más tiempo con este bribón.

—No te prometo nada, pero tal vez pueda resistirme a cambio de un poco más de café y pan tostado.

—Es un trato —dijo Elías.

Se había olvidado de apagar su pequeño iPod, que descansaba en la mesa de entrada sin auriculares ni altavoz. Buscó en su catálogo y comenzó a reproducir para nadie en particular. Sinatra cantó «*I've Got You Under My Skin*» sin ser escuchado. La voz una llamada eléctrica y silenciosa, ahogada por el movimiento de utensilios y platos.

Las gallinas cacareaban, una oveja balaba y dos humanos bestia desayunaban a la luz del día.

FICHAS BAJO LA LENGUA

En una calle concurrida, bajo el alerón sostenido por una columna de hormigón, había una mujer. Su palma estaba presionada contra la superficie fría del pilar como si pudiera adivinar secretos del cable eléctrico conectado a él.

Había una caja frente a ella, y miró a la multitud. El rostro de la mujer era atemporal, pero sus ojos estaban rodeados de patas de gallo que eran lo suficientemente profundas como para parecer talladas. Un hombre la vio, y su cabeza giró de la caja a ella y de regreso. De su bolsillo, él sacó una moneda solitaria y la arrojó a la caja, que hizo un sonido hueco ahogado por los siguientes transeúntes.

—¿Vas a cantar o bailar o algo? —Él sonrió.

La expresión de ella se volvió astuta.

—O algo.

Ella miró al cielo y luego al otro lado de la calle, a la entrada del metro. Cubrió su boca con sus largos dedos y los besó siguiendo las finas crestas. Levantó la mano hacia el cielo, con la palma hacia arriba, luego giró la mano como un saludo y movió los dedos como si *estuviera tocando un instrumento. La música fluía sobre cuerdas invisibles. Cantó:*

> «*Te cantaré una historia*
> *De un amor que pasó.*
> *Te contaré la historia*
> *De lo que se perdió y se encontró.*
>
> *De una bailarina*
> *De un cantante*
> *Que ya no serán*
>
> *Porque lo que prospera en el cielo*
> *En el infierno se perderá.*
>
> *Esta no es una historia*
> *De desamor*
> *O pena*
>
> *Es del amor que encontramos*
> *Cuando nada más queda*».

Se escuchó un sonido sinuoso, punzante y penetrante, y cuando Justine abrió los ojos, las luces que aparecían y desaparecían formaban extrañas sombras en las ventanas. Se veían como figuras alineadas y en capas, como si todos los que alguna vez habían subido al metro hubieran venido a mirar a los pasajeros, como si no tuvieran nada mejor que hacer que observar a los vivos.

Justine podía ver su reflejo en la ventana oscurecida frente a ella. Tenía un corte y un moretón en la frente. El corte había sangrado y coagulado en ángulo.

Se veía más pálida de lo habitual y, alarmada, se dio cuenta de que se había despertado en el metro sin saber cómo había llegado allí. Justine nunca había tomado el metro, no cuando había trenes y autobuses disponibles en la superficie. El metro en sí era viejo y estaba en mal estado. Trenes agitados que se abrían paso de una parada a otra, nunca a tiempo y, a menudo, se retrasaban.

Con los músculos rígidos, Justine empezó a examinarse a sí misma. Sintió un dolor agudo en su tobillo, y al levantar sus *jeans* vio que los habían vendado. Había una mancha roja que marcaba donde había sangrado. Cuando lo dobló, estaba tieso y era difícil de mover. Era posible que se lo hubiera torcido un poco o magullado. Tenía su bolso con ella. Cuando miró dentro, encontró su billetera, sin sus tarjetas de crédito ni la mayor parte de su efectivo. Solo tenía diez dólares para llegar a casa. Tenía su teléfono, pero estaba muerto, y olía como si lo hubieran metido en vodka.

Luego miró a su alrededor. No había marcas que indicaran cuál tren era y hacia dónde se dirigía. En cambio, el automóvil oxidado estaba iluminado de manera desigual por las luces fluorescentes que entraban y salían en la oscuridad de los túneles. En el otro extremo había dos mujeres sin hogar, que dormían una junto a la otra.

En la luz inestable, Justine intentó recordar. Había estado en un bar con unos amigos. Su novio estaba allí, a punto de actuar. Luego ella se tropezó, o algo así. Eso era todo. Sabía que era Justine, que tenía un novio en algún lado, y que estaba aquí, en un vagón de metro de camino a ninguna parte.

El tren se detuvo, rechinando hasta detenerse. Justine se levantó y se acercó a las puertas que se abrían y cerraban en la multitud que permanecía.

EN AUSENCIA

Había pocos pasajeros esperando para subir, pero los que salían se desparramaban fuera de los vagones junto a ella. Había un intercomunicador con un anuncio de llegadas y salidas, pero los altavoces no le hacían justicia al mensaje, y sonaba de forma confusa y como un lamento de hojalata.

La estación estaba marcada como «LC», pero eso no le decía nada del lugar donde estaba. El único mapa en exhibición tenía grafitis. Por otro lado, Justine no estaba segura de dónde vivía.

Cojeó y se sentó en un banco de acero, junto a una mujer con una marca de quemadura en el cuello que fumaba.

—Disculpe, pero, ¿dónde estamos?

La mujer señaló con su cigarrillo al letrero que decía «L.C».

—Sí, pero, eh, ¿dónde es eso?

La mujer levantó una ceja.

—Es L.C., es el centro. Es el lugar al que venimos a guardar luto por nosotros mismos. Pero si no quieres guardar luto, puedes beber para olvidar. Hizo un gesto hacia una fuente de agua, su estructura de metal doblada por patadas irregulares.

Justine no sabía dónde estaba el centro. O no podía recordarlo. Todo en la superficie de la ciudad era una niebla brumosa. Beber para olvidar, si se olvidaba, no quedaría nada para recordar.

—¿A dónde puedo ir desde aquí? —dijo Justine, más que nada para sí misma.

—Puedes tomar la T hasta el final, pero no lo sugiero. Puedes intentar llegar a la E, pero es probable que no te dejen entrar con ese aspecto.

—¿Qué hay en la T?

—Haces demasiadas preguntas. —La mujer aspiró

su cigarrillo profundamente, iluminando el extremo con un color naranja intenso. El brillo se reflejó en sus cicatrices de quemaduras, cicatrices en la piel morena que ni siquiera dañada podía ocultar sus hermosos rasgos—. Yo no pregunté lo suficiente.

—¿Qué haces aquí?

—Olvidar. Olvidar lo que hice, pero quiero recordar, y recordar preguntar y no confiar. —Sacudió la ceniza del cigarrillo, dejándola caer en una pila en el suelo—. Habrá otros que conozcas. Necesitas un mapa a menos que planees olvidarlo.

Se volvió y miró a Justine a los ojos, y con las puntas de los dedos cubiertas de alquitrán movió el cabello de Justine de su rostro. Su caricia fue infinitamente suave, en conflicto con la voz ronca y hosca por el humo.

—¿Por qué estás aquí?

La fuente goteaba, y el agua se acumulaba en el suelo, serpenteando sobre el hormigón como un río.

El pie de Justine golpeaba contra su tobillo herido. No sabía por qué estaba allí, pero aún no quería salir del metro. Había demasiadas rarezas que despertaban su curiosidad, y ningún recuerdo de un hogar al que regresar.

—Solía bailar. Creo. Solía bailar bajo el sol. Pero no puedo bailar así. —Señaló su tobillo herido.

La mujer sacó una moneda de oro de su bolsillo y se la dio a Justine en la palma de la mano.

—Ficha de metro. Puedes obtener un mapa o una salida en la T. Ve al sur. Pero no confíes en la comida.

Se levantó, dio la vuelta al banco y caminó hacia la multitud con la cabeza en alto y fue entonces cuando Justine pudo ver las brasas que adornaban su saco.

Se oyó un ruido en el hueco de la escalera y la puerta, anunciando el siguiente tren, y se dirigió al tren en dirección al sur. Al pasar la fuente, casi tomó un sorbo, pero se detuvo antes de que sus labios tocaran el agua. El tren esperaba, y no podía retrasarse.

Una mujer con el pelo mojado y un uniforme viejo tomó la moneda como pago, pero detuvo a Justine justo antes de cruzar el umbral.

—No puedes dar boletos ni monedas a los que esperan en la T.

—De acuerdo.

—Lo recordaré. —Y la saludó con la mano.

«Ve a las sombras
Joven
Joven

Ve a las sombras
A la luz
A la luz»

El tren a la estación T estaba más lleno que en el que se había despertado. La gente se empujaba por los asientos o se paraban unos contra otros, con los cuerpos chorreando sudor y cubiertos con una capa de suciedad. Había grupos de personas pegadas una contra otra, y Justine se paró sobre su buen pie sosteniendo la barandilla para aliviar el peso del otro.

Un mapa. Un mapa. La ficha la llevaría al mapa.

Las luces se atenuaron en comparación con el vagón en el que había estado anteriormente. Luego brillaron más fuerte antes de llegar a la estación, y el túnel se encendió. Después de la oscuridad, la luz repentina ardía, y todos cerraron los ojos o se cubrieron los ojos. Cuando abrió los párpados, notó que, una vez más, la estación estaba mal iluminada. Cuando entraron, ni siquiera la oscuridad pudo ocultar lo sórdido o sucio que estaba el lugar. En algún momento, debía haber sido espléndido, porque era más enorme que la estación anterior. El techo era su propia fosa, oscurecida por el hollín y la suciedad, y en su punto más alto desaparecía interminablemente.

Lo primero que sintió Justine cuando se abrieron las puertas fue el calor. El calor que le secaba y le hacía toser. En su ataque de tos, no vio por dónde pisaba y casi se tropieza con un par de escaleras mojadas. Había mujeres en las escaleras, fregando a mano los pisos con cubos agujereados. Se hablaban en voz baja y se quedaron boquiabiertos ante su intrusión.

Apurándose en alejarse del par de ojos idénticos, casi se chocó contra un hombre con uniforme de conserje, parado sobre un taburete, extendiéndose para cambiar una bombilla de una lámpara que estaba mucho más allá de su alcance. Se disculpó y trató de encontrar un rincón vacío en el lugar abarrotado.

Estaba encogida en un espacio estrecho entre dos columnas, observando la variedad. Había muchas rarezas, y ella lo disfrutó. Las mujeres de la limpieza, con sus tonos chismosos, el conserje. Luego, todas las personas que viajaban desde la estación. Desaparecían y aparecían en entradas oscuras ocultas dentro de la estación. La multitud deambulaba sin dirigirse la palabra. Gruñendo o tosiendo como respuesta si era necesario.

La forma en la que la luz oscura jugaba sobre los cuerpos llevó a Justine a un recuerdo de la superficie. Estaba bailando en un club nocturno. Sus amigos estaban cerca, y las luces estroboscópicas pintaban patrones en su piel. La música había desaparecido para ella en ese momento, pero ella recordaba que le gustaba la sensación de su cuerpo en movimiento. La forma en que la música hacía de su cuerpo su propia locura. El DJ estaba en un escenario apartado, empotrado, y las luces formaban un caleidoscopio centrado en él. Entrecruzaron las miradas...

Su recuerdo fue interrumpido por el chirrido de otro tren que se aproximaba. Volvió en sí. Mapa. Tenía que encontrar un mapa. Mirando al techo, vio los letreros de metal que colgaban de las cadenas y se correspondían con las entradas a los pasillos largos y oscuros. La mayoría estaban demasiado cubiertos de hollín u oxidados para ser legibles. Otros no tenían sentido:

ENTRAÑAS

FOSO

RÍOS

LLAMA

Finalmente, vio un letrero en el otro extremo, «ADMINISTRACIÓN GENERAL», en el que, afortunadamente, nadie estaba entrando.

Justine zigzagueó entre las otras personas que estaban en la estación y se escondió en la entrada hasta que estuvo en la oscuridad, sola. Había luces de techo en el delgado pasillo forrado de linóleo, pero muchas parpadearon y se apagaron, hasta que terminó en lo que aparecía una gran oficina del departamento de vehículos motorizados. Había fila tras fila de asientos de plástico. Había puntales que alineaban otras filas hasta las ventanas de quioscos. La habitación estaba vacía. La mayoría de los quioscos tenía las persianas horizontales cerradas. Los otros tenían carteles escritos a mano que decían «Almuerzo» o «Cerrado». Algunos simplemente estaban vacíos, excepto uno.

Justine se acercó al único quiosco abierto. Detrás del panel de plástico había un hombre que estaba recostado en su silla con los pies en el escritorio, leyendo una revista de mejoras del hogar. Justine tocó el cristal para llamar su atención.

Bajó su revista y le dirigió el tipo de mirada que cualquier trabajador de la administración dirigiría a un intruso. Se sentó erguido, el cabello en su coleta baja se balanceó hacia adelante. Le dirigió a Justine otra mirada fulminante y examinadora, que terminó en una expresión como si hubiera probado algo podrido y agrio.

—¿No estás demasiado abajo? Por lo general, personas como tú tienen que ver a los otros chicos antes de llegar a mí. —Mientras hablaba, podía ver tres dientes de oro en su boca mientras se inclinaba en el intercomunicador.

—¿Los otros chicos?

—Sí. Mi hermano en el centro y el otro en la parte alta. Son los administradores allí. Mientras tanto, yo estoy atrapado en este infierno. ¿Pero una joven como tú? Diría que perteneces a la parte alta del centro, si no a la parte alta propiamente dicha.

EN AUSENCIA

«Bien, entonces tal vez iré allí», pensó Justine. Golpeó con un dedo el mostrador.

—¿Cómo llego al centro? ¿O a la parte alta? Vine por un mapa.

—Oh, ¿solo un mapa? —Como por arte de magia, uno apareció en su mano, y lo colocó en el divisor en el vidrio—. En cuanto a cómo llegar, bien, eso no es tan fácil. Es más fácil bajar que subir. Lo sé muy bien. —Hizo una pausa y se rascó el vello descuidado del pecho—. Tendrás que dar la vuelta. Y la parte alta requiere un pase extra. ¿Tienes suficiente dinero contigo?

—¿Cuánto?

—Cinco liras, o tres fichas. Aproximadamente diecisiete con cambio según los estándares de la superficie. ¿Lo tienes?

No respondió. Bajó la mirada hacia su bolso harapiento.

—Bueno, entonces. Puedes hacer un trueque. ¿Tienes algo que valga la pena intercambiar?

Buscó en el bolso y los bolsillos nuevamente. Había una barra de chicle, una tarjeta perforada de yogurt helado con tres agujeros, un iPod agrietado, un collar trenzado que le había dado una amiga, unas pastillas para la tos, auriculares, un tubo de bálsamo labial y un tubo en miniatura del ungüento medicinal que tenía a mano para sus senos nasales.

—Bueno, podrías conseguir algo a cambio de ese brazalete si tiene recuerdos. Sabes qué, lleva ese brazalete a la tejedora. Ella vende sus productos en la plataforma, sigue los hilos. Ve si puedes conseguir una ficha por él. Puedes usar una parte de esos diez dólares para comprar una. Y, como soy un tipo generoso, te daré una ficha si puedes entregar un mensaje por mí.

Justine asintió, colocando los diez dólares en la bandeja de dinero. Él sacó dos fichas y su cambio de cuatro veintitrés. Luego se inclinó y le pasó una nota.

—Mi hija tiene un pequeño puesto de revistas en el distrito E de la parte alta. Entrégaselo a ella, ¿sí?

Tomó la nota y la dobló cuidadosamente en su billetera. Colocó las fichas en el compartimiento para monedas y luego guardó el cambio. Después de sacar sus cosas del mostrador y guardarlas en su bolso, agradeció al asistente y miró su mapa. Era en gran parte ilegible. Había líneas que se superponían, y los colores se habían desvanecido considerablemente y aparecían como un desorden indescifrable de tonos amarillos y naranja claro. Lo guardó y decidió que lo mejor era conseguir primero la última ficha.

Mientras caminaba hacia el pasillo, se topó con el mismo asistente que había visto en la primera parada. La mujer alta que le había dicho que no abandonara sus fichas; su cabello tan mojado como antes. La mujer miró a Justine e inclinó la cabeza de izquierda a derecha. La asistente metió la mano en su mochila y sacó una botella de agua.

—Te ves un poco sedienta.

Justine pasó la lengua por sus labios y tomó la botella. Ahora que lo mencionaba, el aire se sentía extrañamente seco e incómodo en la T. Tenía sed, y el agua era una promesa.

Antes de que pudiera desenroscar la tapa, la mujer del tren la detuvo con una palma de gran tamaño sobre su mano.

—Espera un segundo, no bebas hasta que llegues a donde estás yendo. ¿De acuerdo?

Justine suspiró. Ahora tenía sed, pero se vio obligada a aceptarlo. Asintió con la cabeza y guardó la botella en su bolso. Cuando la mujer se dio vuelta para irse, Justine la detuvo.

—¡Espera! Por favor. Estoy buscando a la tejedora. ¿Sabes dónde podría estar ahora?

La media sonrisa era apenas perceptible en los labios de la mujer.

—¿Esa vieja solterona? La encontrarás en dirección al lado norte. Sal de aquí, toma el alerón y mira en los rincones oscuros. No le gusta mucho la luz.

Con eso, la asistente se alejó a encargarse de algún otro deber y dejó a Justine con sus direcciones. A través de los pasillos oscuros, Justine encontró el camino hacia las escaleras que conducían a la pasarela superior. Se cruzó con extraños de aspecto inusual. Un hombre con una venda en la parte superior central de su rostro que lo hacía ver como si tuviera un solo ojo. Varios soldados canosos. Había un hombre jugando con una ruleta, girándola y girándola, aunque estaba en llamas.

Todos los viajeros, extraños o no, se detenían cuando un tren pasaba por debajo de ellos. Justine contuvo la respiración, el calor del motor y la repentina luz cegadora hacían que la experiencia fuera aterradora. Pero cuando el tren salió de la estación, ella y todos los otros en el puente, respiraron y siguieron.

«Hila la Verdad
Tuerce la aguja
Lo tejido era real
Y no lo era»

No fue difícil encontrar a la tejedora, o más bien,

no fue difícil que la tejedora la encontrara. La mujer delgada estaba en sombras, con bufandas exhibidas en postes improvisados. Llamó a Justine desde abajo de las capas de numerosas mantas.

—Las chicas bonitas deberían usar cosas bonitas —dijo, con una voz profunda y seductora.

Justine se dio la vuelta, sin palabras ante la exhibición que se veía fuera de lugar en la plataforma cenicienta.

—¿Eres la tejedora?

—Depende —dijo la mujer delgada, rodeando un poste—. ¿Quieres comprar?

Justine se acercó, e incluso en la tenue luz, pudo ver que la mujer en sombras tenía rasgos acentuados que la hubieran convertido en una belleza en otras circunstancias.

—Me dijeron que podía hacer un trueque contigo por una ficha de metro.

La tejedora hizo una mueca burlona.

—¡Todos piensan que pueden tirarme basura como si no me esclavizara en este telar para crear arte! —La tejedora hizo un gesto hacia sus espaldas, hacia los tejidos finamente elaborados. Cada uno era realmente una obra de arte, los detalles finos y nítidos, Justine casi podía creer que vio a las imágenes moverse en los tejidos.

—Bueno, todo lo que tengo es esto. —Tímidamente, le alcanzó el brazalete de la amistad tejido con hilo, y la tejedora la tomó con codicioso abandono, acercando la vieja cosa a sus ojos.

—Sí... Mm... Sí... Ahora veo por qué. Hay mucha historia aquí, y es una buena historia. Oh, cómo *amo* una buena historia. —Descubrió un gran telar escondido detrás de una cortina, apoyado en un pilar del metro. Luego, con dedos largos y hábiles, desenredó el brazalete de la amistad, y el hilo en cascada formó una gran pila a sus pies. Entrelazó el hilo en la máquina y comenzó a hilar. La lanzadera se elevó borrosa y pronto había un gran tapiz, una imagen de Justine en el centro y, a su alrededor, la historia de su vida.

Sus padres y su juventud se desplegaban en el tercio superior. Mientras leía, los recuerdos comenzaron a invadirla. Había sido una bailarina, y su versión de tela giraba y hacía piruetas en silueta. Sus movimientos eran fluidos, enérgicos y eléctricos contra las sombras del tejido. Si su tobillo todavía no le doliera tanto, hubiera intentado imitar la danza de su yo tejido.

En el centro del tapiz, estaba rodeada de otros bailarines. Su energía contagiosa, amenazando con conducirla en una alegría indirecta. Así fue como había conocido a su novio, el prometedor intérprete «O». Su pequeña historia de amor se desarrolló en pantomima. Él era una figura en ciernes en el escenario, mientras ella tenía que compartir sus atenciones con el público. Su noviazgo había sido breve, intenso, de la manera en que dos jóvenes talentosos podían verse arrastrados por la pasión. Estaban celebrando su compromiso en el tercio inferior del tapiz, pero de camino a encontrarse con él en el club, un ex de ella la hizo tropezar por unas escaleras y quedó inconsciente. Unos desconocidos le asaltaron y la dejaron en el metro. Aquí estaba.

Estaba comenzando a leer su saga en la parte inferior cuando la tejedora interrumpió sus reflexiones.

—Aquí tienes. —Le dio una ficha del metro con lo que parecía una tercera mano escondida debajo de los trapos—. El tren llegará pronto. Tienes que ponerte en camino.

Antes de que se diera la vuelta para irse, Justine tenía que preguntar.

—¿Hay alguna manera de que pueda comprarte eso de vuelta? ¿Cuánto cuesta?

La tejedora señaló un letrero escrito a mano que decía: «TODAS LAS VENTAS SON FINALES: NO HAY REEMBOLSOS NI DEVOLUCIONES». Con una gran sonrisa, miró a Justine y le dijo:

—No puedes tenerlo, ya no eres dueña de esta historia.

«El pasado es pasado
El futuro, indeciso
Huye de tu historia
Aclara lo impreciso»

Un fuerte pitido que indicaba el nuevo tren hizo que Justine comenzara a correr hacia las puertas. Encontró a la asistente más cercana, una pelirroja que apestaba a humo, y le preguntó si este tren la llevaría a la parte alta.

—Sí, ¿tienes el boleto? —dijo la asistente, el calor emanando de ella mientras hablaba.

Justine pasó las fichas, y con un gesto de la mano, la asistente bajó el cartel que indicaba que podía avanzar. Justine no volvió atrás, aunque estaba desesperada por leer más de su historia de la tejedora, necesitaba encontrar un camino a casa.

Este tren era muchísimo más lujoso que los demás. El cromo estaba brillante y pulido como la plata, y los asientos eran afelpados. Había bares clásicos instalados, con agua de gas de cortesía. Justine estaba sedienta, pero una advertencia instintiva le hacía desconfiar incluso de beber de las botellas de vidrio.

Durante mucho tiempo, ella fue la única pasajera. Subieron un par más en una de las ciudades intermedias pero, aun así, todos estaban concentrados en ellos mismos, leyendo o escuchando música. Lo más sorprendente era lo agradable que olía todo el vagón, un ligero perfume floral, el cosquilleo ligero de la plumeria y la rosa le recordaban a un jardín que había visitado una vez.

Llegaron, y cuando se abrieron las puertas, Justine tuvo que cerrar los ojos ante el brillo. Era lo contrario de la T; todo estaba limpio y fresco. La gente paseaba libremente por la estación amplia y bien iluminada. Fue entonces cuando Justine se dio cuenta lo sucia que debía verse y, cohibida, buscó el baño más cercano.

Los baños estaban claramente marcados. Eran amplios y, por suerte, tenían una sección completa de sauna y ducha. Aunque tuvo que volver a ponerse nuevamente su ropa sucia después de bañarse, su tobillo se sintió notablemente mejor, y se sacó las vendas. Usó los artículos de tocador de cortesía para cepillarse el cabello y los dientes. Se cubrió con lociones y perfumes, todos exhibidos en botellas doradas. Cuando le dio la propina al asistente a la salida con lo último que le quedaba de dinero, Justine empezó a sentirse un poco más como ella misma.

También se sentía más ligera, como si bañarse le hubiera quitado parte de la carga de los recuerdos.

Regresó a la estación con los ojos frescos para contemplar la grandeza de todo. Debía ser del mismo tamaño que la «T», pero mirar hacia arriba no le hacía sentir como si hubiera estado al fondo de un largo foso. El techo brillaba de tal manera que podía ver la parte superior de la cúpula. Los tragaluces dejaban entrar la luz del sol que se reflejaba en el mármol blanco, era fácil olvidarse que estaba bajo tierra. Las paredes de la plataforma estaban salpicadas con cafés y tiendas coloridas. Había quioscos y áreas para sentarse. Cada pared exhibía arte suntuoso, ya sea esculturas o mosaicos, coloridos y exuberantes. Pequeñas plantas y árboles en macetas bien cuidadas florecían en el espacio subterráneo. Olivos, granadas, higos, albaricoques y nectarinas formaban pequeños carriles que invitaban a cualquier transeúnte a recoger sus ramas en flor.

Luego estaba la gente. No estaba abarrotado, pero personas bien vestidas deambulaban por los pequeños pabellones, charlando frente a las tiendas o besuqueándose en los bancos. Cuando respiraba, podía oler una mezcla de aromas cautivadores: florales, perfumes, agua limpia, cítricos y, en algunos puntos, productos horneados.

Paseó tranquilamente por la plataforma, tomando las muestras gratuitas ofrecidas y escuchando la música tocada por músicos callejeros, cuyas manos hábiles y voces claras tentaban a la multitud a arrojar monedas de oro en sus desbordantes cestas. Giraba a intervalos, sintiéndose más plena de lo que había estado en mucho tiempo. Había belleza en el subsuelo. Había una unión de alegría y belleza.

Llegó a un puesto de revistas, *Deslízate por las páginas*, con una serpiente con gafas en el cartel. Justine sacó la nota de su bolso y, garabateado en el papel doblado, había una serpiente con gafas.

Allí había una mujer joven, hojeando una revista y rehusándose a levantar la vista. Tenía el cabello largo y oscuro en una trenza suelta, y una expresión contraída. Justine estaba encantada con las uñas largas y bien cuidadas de la mujer, que golpeaban ligeramente contra el mostrador. O la forma en que de vez en cuando tocaba un pequeño toro enjoyado en su dedo anular, mientras leía algo curioso para ella misma.

Justine tosió para llamar su atención. La asistente del puesto levantó la vista y sonrió, levantando las cejas para decir:

—¿En qué puedo ayudarte?

La nota se arrugó en los dedos de Justine.

—¿Eres tú? —Se dio cuenta de que el hombre nunca le había dado un nombre—: Eh, ¿tu padre trabaja en la T?

El rostro de la asistente cambió y se transformó en una mueca despectiva.

—¿Qué quiere ese imbécil ahora?

—Él... me dio esto para que te lo dé a ti. —Justine dejó la nota arrugada sobre el mostrador

Sin decir una palabra, la empleada tomó la nota y la llevó a su rostro sin desdoblarla. Frunció los labios y sopló, y al hacerlo, la nota se disolvió en cenizas, flotando en la prístina estación. Se restregó las manos y desempolvó el mostrador. Se escuchó el anillo de toro raspando el mostrador cuando lo hizo.

—Lo siento —dijo Justine, sintiéndose como una intrusa.

—¿Por qué? No es tu culpa. Mi viejo usa a la gente, por eso está donde está. ¿Qué te prometió si lo hacías?

—Me dio una ficha.

—¿Solo una?

Justine asintió.

—Imbécil tacaño, las consigue gratis. Aunque no puede usarlas. Está atrapado allí. —La chica del mostrador golpeó sus largas uñas en el mostrador—. Así que dime, ¿qué te trae a la zona alta? Además de hacer de mensajera, claro.

Justine trató de recordar. Sabía que estaba en la estación de la zona alta. Había un lugar en la superficie para ella, o había habido en algún momento, pero se estaba volviendo más brumoso a medida que avanzaba el día. Miró las revistas, con la esperanza de leer para tener mayor claridad. Los títulos estaban borrosos, y tuvo que limpiarse los ojos. La chica del mostrador la miró a sabiendas.

—No terminaste de beber, ¿eh? Un sorbo y hará que todo quede lejos, pero sin desaparecer completamente. Tienes que beberlo completamente para deshacerte de todo. Hará eso. ¿Tienes un lugar a dónde ir? ¿Algo para pasar el tiempo?

Se sentía como si tuviera fragmentos de metal en la garganta, y Justine no pudo responder. En cambio, negó con la cabeza. La chica del mostrador la miró con compasión.

—Bien, entonces, vamos. Puedes ayudarme aquí y te podemos conseguir ropa nueva y algo que comer mientras tanto.

La chica del mostrador, que se hacía llamar simplemente A-, tenía un vestido de repuesto y sandalias que le prestó a Justine. Preparó su té en la pequeña área de depósito del puesto de revistas y le dio pan untado con mantequilla y fruta en pequeños platos dorados. El té estaba hecho con flores de color púrpura intenso, con pétalos sueltos que flotaban a la superficie. Le recordaron algo, pero se quedó en el fondo de su mente mientras bebía y se relajaba.

—¿Te gusta trabajar en este puesto? —dijo Justine, lamiendo la mantequilla de su dedo.

A- se encogió de hombros.

—Es algo en lo que ocuparme. Necesito algo para pasar el día, y me gusta leer. Me ayuda a olvidar.

—¿Olvidar qué?

—El dolor.

Justine sintió una punzada en su tobillo. Recordó el dolor, pero el recuerdo era borroso. Era desagradable, la idea de ello. No había pensado en el dolor desde que llegó a la estación de la zona alta, o a la «E» como todos allí la llamaban. Dolor, sufrimiento, ira, se estaban convirtiendo en mitos. Algo de hace mucho tiempo antes del ahora, antes del presente en el que bebía té.

—¿Estás buscando trabajo? —dijo A-, tomando un bocado del pan.

—No... no sé. Supongo que me vendría bien algo mientras tanto.

—Bueno, aquí está el puesto si quieres trabajar un poco. La mayoría de nosotros nos quedamos en hoteles o en coches sleeper. Podrías conseguir algo que hacer allí. O en las tiendas. O podrías actuar.

—¿Actuar?

—Sí, en la plataforma. A la gente le gusta cambiar las actuaciones. Estoy segura de que los viste y oíste de camino al puesto. Lo hacen para ganar alguna moneda, no es que importe. Todo es gratis aquí si tienes un pase de metro. Nos gustan las monedas porque son divertidas, y vienen del exterior.

—Yo no tengo monedas.

A- levantó una ceja.

—Probablemente tengas al menos una. Mira, abre tu boca.

Justine abrió de par en par, y A- metió dos dedos y sacó una moneda de oro brillante. A- entrecerró los ojos y levantó el objeto hacia la luz.

—Oro puro, alguien realmente te amaba.

Justine guardó la moneda; se sentía fría en el bolsillo del vestido, contra el muslo. Ella tomó otro sorbo de té y se ofreció a trabajar parte del puesto si no había problemas. A- se encogió de hombros como señal de aceptación. Durante el resto del día, A- le mostró a Justine cómo organizar los libros y las revistas, cómo aceptar el pago cuando se lo ofrecían.

Después de cerrar, A- la llevó a la oficina de ADMINISTRACIÓN GENERAL para obtener su propio pase de metro. El hombre que estaba allí tenía los mismos rasgos faciales que el hombre en la T, pero estaba afeitado y vestía una chaqueta de punto. También parecía conocer a A-, habló con ella hasta que apareció otro cliente. Justine seguía frotando la esquina de su nuevo pase, y disfrutaba cómo desaparecía de su mano y reaparecía a voluntad.

A- le mostró cómo reservar una habitación si quería una en uno de los hoteles. Resultó que Justine ya tenía uno. Cada habitación era una suite, y la suya no era diferente. Lirios frescos y ramos de hortensias salpicaban la habitación, adornadas con pequeños racimos de perejil. Tenía una vasta extensión de suelo en donde girar y hacer piruetas. Pasó horas en la bañera esa primera noche antes de derrumbarse en la cama. Cuando soñó esa noche, fue con las largas vías del metro, que continuaban para siempre.

«Las flores crecen al sol
En el suelo, sin barrera
De una flor la maleza
El alma se lleva»

Tal vez fueron semanas o solo una cuestión de días, pero Justine se acostumbró a una rutina. Se despertaba e iba a un restaurante abierto para tomar té y comer un bollo. Luego, ayudaba en el puesto de revistas, almacenando libros y revistas. Ayudaba con los clientes. Le encantaba conocer nuevas personas y todos tenían historias maravillosas. Por la tarde, A- y Justine almorzaban juntas. Ella y A- estaban forjando un vínculo, la cercanía risueña de la amistad.

Finalizaban el día y, a veces, Justine bailaba en la plataforma con algunos de los músicos. A veces, ella y A- veían una película o cenaban con otros amigos de la estación. Por la noche, siempre antes de acostarse, Justine leía algún libro que le hubiera despertado curiosidad. Estaba explorando la vida de maneras en las que nunca había podido, simplemente viviendo y teniendo la posibilidad de paz y juego. Nunca se despertaba cansada.

Luego llegó él.

Justine conocía su rostro, pero tardó demasiado en ubicarlo en su memoria. Había besado esos labios y contemplado muchas veces esos ojos profundos. Pero el sentimiento debajo de esas acciones eran una sombra en la boca del estómago. Esa felicidad, la felicidad que había vivido con él, era diferente a la sensación que experimentaba ahora, viviendo bajo tierra. En cambio, de golpe sintió un miedo y una ansiedad intensa cuando lo vio. Incluso las aguas del olvido no la liberaban del recuerdo de él.

Él corrió hacia el puesto y se paró frente al mostrador.

—¡Justine! ¡Te he estado buscando por todas partes!

La voz de ella sonó pequeña cuando respondió:

—¿En serio?

Notó que él sonaba enojado, frustrado con ella. También notó que llevaba el estuche de su guitarra en la espalda. Nunca iba a ningún lado sin él, incluso cuando no estaba tocando. Había sido especialmente molesto cuando lo llevaba con ellos a lugares en los que no era necesario, como la tienda o la clínica.

—¡Sí! ¡Mierda, Jus, pensé que te habían secuestrado! ¿Dónde has estado?

Justine se encogió de hombros. O era un extraño ahora, un recuerdo cubierto por nuevos recuerdos, y mientras examinaba su apariencia, trató de recordar y sentir algo de esa vieja atracción. Notó los pequeños defectos que parecían desagradables. La forma en que movía el labio hacia un lado para expresar su descontento o la forma en que su ceja se levantaba, era poco atractivo de una forma que antes hubiera sido impensable para ella.

Había encontrado una dosis de felicidad bajo tierra y él había llegado para interrumpirla.

—He estado aquí. Estoy bien.

Él dejó escapar un fuerte suspiro y le agarró de la mano.

—Ok, no importa. Hablaremos de esto cuando lleguemos a casa.

Ella se volvió para mirar a A-, que movió una ceja inquisitivamente. Luego volvió a mirar a O. Había una vena que se le levantaba en el costado de la garganta, y ella supo instintivamente que estaba molesto.

Había visto esa vena antes, aunque el recuerdo era borroso.

Los interrumpió una mano en el hombro de O. Era la trabajadora de la estación con el cabello perpetuamente mojado.

—El director quiere verlos a los dos.

El empleado de pelo mojado, a quien Justine no había visto en ¿días? ¿Semanas? Los condujo a una puerta de mantenimiento lateral y a lo largo de un pasillo largo y estrecho. En este pasillo, podían escuchar el eco de los trenes que pasaban. Esos ecos llenaron el silencio mientras caminaban. Había tuberías atornilladas en la parte superior del concreto. Algunas estaban mojadas por la condensación, otras parecían calientes al tacto. Su mano comenzó a acalambrarse y a sudar en la palma de O. Quería su mano de vuelta.

Al final del pasillo había una serie de puertas. El empleado los llevó a la que estaba marcada como «ADMINISTRACIÓN». Pasaron junto a un escritorio y una sala de espera directamente a una oficina. Era grande, cavernosa y gris. Aunque Justine sabía instintivamente que estaban en el centro del metro, y que en todas las direcciones a su alrededor estaban rodeados por rieles y trenes, no podía escuchar nada. Ni siquiera los ecos que habían escuchado momentos antes en el túnel. Estaba silencioso como una tumba.

Detrás de un gran escritorio de hormigón había un hombre mayor cansado con cabello gris del mismo tono que su escritorio. A su izquierda había una mujer sentada en uno de caoba. Tenía el cabello rubio hasta cinco centímetros de su cuero cabelludo. El resto hasta la raíz era de color castaño oscuro. Era el tipo de cabello que tendría una mujer cuando no se molestaba en decolorarse después del verano.

¿Ya era invierno? ¿Cuánto tiempo había estado ahí abajo?

La mujer no se molestó en levantar la vista de la revista que estaba hojeando, pero el director de la estación se puso de pie y rodeó su escritorio hacia ellos. Cruzó los brazos y se dirigió a O y a Justine.

—¿Qué está sucediendo aquí?

O no esperó a que Justine explicara, comenzó a hablar.

—Mi novia ha estado atrapada aquí abajo durante semanas. Vine a llevarla a casa.

El director de la estación miró un reloj de la pared, apartando la vista de su audiencia.

—Podría haberse ido en cualquier momento que quisiera. De todos modos, aparentemente trabaja en uno de los puestos, y veo que calificó para un pase de metro. —Dirigió su mirada y su siguiente pregunta a Justine—. ¿Hay alguien que pueda ocupar tu lugar?

Ella negó con la cabeza.

—Parece que debería quedarse aquí —dijo él.

—No, espere, usted no entiende. ¡Ella es mi inspiración! —dijo O. Se descolgó la guitarra de la espalda—. ¿Ve?

La directora adjunta levantó la vista en ese momento y entrecerró los ojos.

—Espera... —Levantó la revista a una página abierta de O posando en la esquina de un artículo—. ¡Te conozco! ¿Nos tocarías algo?

Ella sonrió, coqueteando con O, sacando chicle de sus labios.

En la superficie, una sonrisa como esa hubiera molestado a Justine. En ese momento, no le importaba. Quería que lo que sea que estaba sucediendo terminara y así continuar con su día. Solo se exasperó un poco cuando él comenzó a tocar.

La canción estaba... bien. La había escuchado antes, aunque no recordaba cuándo ni dónde, ni la melodía misma. Era familiar y olvidable. A los demás parecía gustarles, parecían conmovidos por su voz y sus letras prosaicas.

Al final, la directora adjunta miró al director y dijo:

—No puedes permitir que pierda la inspiración para su arte.

El director miró a la mujer, los ojos de ella grandes y acuosos, y siseó:

—Bien.

O tomó su mano y, cuando estaban a punto de irse, el director dijo:

—Asegúrate de que te siga. Tendrás que liderar el camino, o ella se perderá.

No respondieron, sino que O la empujó detrás de él, avanzando apresuradamente por el pasillo y hacia la plataforma. Justine miró a su alrededor. Ya no estaban en la E, sino que estaba de vuelta en una de las estaciones del centro. Al otro lado de las vías, en la plataforma opuesta, estaba la mujer con la que se había encontrado primero, con la cara asustada. Aspiró su cigarrillo y miró a Justine de frente a los ojos. Luego desapareció detrás del tren que se aproximaba.

«Cuando todo es polvo
Cuando todo es ceniza
La confianza en el corazón
Se pierde, se hace trizas»

Abordaron el siguiente tren, y el vagón estaba

lleno. Se acurrucaron en el medio, el aliento caliente de él la sofocaba en medio de toda esta gente. Seguía hablando de su carrera y de lo que harían cuando regresaran. Todo eso estaba lejos para Justine. Ella y A- habían tenido entradas para un espectáculo esa noche y, en cambio, estaba metida en este vagón sudoroso con un hombre que parecía incapaz de mantener la boca cerrada. Ella no dijo nada, aunque él no hubiera escuchado si lo hubiera hecho. Eso quedaba claro por la forma en que la arrastró por los diferentes vagones y hasta la siguiente parada.

Habían llegado a la T, y era tan terrible como Justine recordaba. En la plataforma opuesta, pudo ver a la tejedora, la historia de Justine colgada en la parte posterior en un poste de metal con un gran letrero de «EN VENTA» escrito a mano pegado sobre él. Quería ver si O estaría dispuesto a ayudarla a ir al extremo opuesto, pero él la llevó a otro tren antes de que tuviera la oportunidad.

Este estaba un poco menos concurrido, y O empezaba a quejarse de que no hubiera un área para colocar su guitarra. O se volvió hacia ella y dijo:

—Voy a ver si puedo encontrar algunos asientos. Espera aquí.

Luego se fue, cruzando el vagón.

Mientras Justine jugueteaba con su bolso, notó algo pesado. En el interior había una botella de agua, la que le había dado la empleada del tren. Se pasó la lengua por los labios. Tenía sed, estaba seco allí abajo.

Tomó un trago.

Mirando a su alrededor, Justine no podía recordar cómo había subido al tren. Sacó su mapa, las líneas formando patrones fáciles de seguir. Si se bajaba en la siguiente estación, sabía que podía tomar el 7G hacia el norte en veinte minutos y volver a la «E». Incluso podría tener tiempo para comprar algunos de los bollos de almendras, los favoritos de A- y ella, antes del espectáculo.

Por encima del metro y debajo de un paso elevado, una mujer joven de ojos viejos toca sus últimas notas en el viento. Frente a ella, hay algunos espectadores que se han detenido para verla en su último estribillo:

*«Por la memoria cantada
Recuerdos de primavera
No lograrás que una mujer
Haga algo que no quiera».*

LO ÚNICO QUE QUEDA ES SOÑAR

Mi gato amigo me condujo nuevamente a la calle y al piano. Una vieja espineta con bordes desgastados y muy queridos. Olía a productos de limpieza de limón, y el asiento estaba cubierto con una vieja manta de ganchillo, doblada y descolorida. Sobre ella había una pequeña taza de cafecito, ya bebido, que hacía que el aire oliera terroso y dulce con el recuerdo. Corrí el asiento y abrí la tapa. El olor del marfil artificial amarillento era abrumador, y me paralizó de alguna forma antes de recuperar mi postura. Toqué algunas teclas con mis nuevas manos, pero las notas no sonaban bien. Mis golpes eran torpes, y me di cuenta de que no sabía tocar. Estas manos que habían tocado antes, aunque se negaran a reconocerlo.

Alguien más había dejado sus manos atadas en el tablero superior. Eran manos viejas, dobladas y arrugadas por la edad, con nudillos bulbosos por el uso excesivo. Rompí la cuerda con mis dientes y las desaté. Las viejas manos saltaron sobre las teclas y comenzaron a tocar. Al menos, sabía mover los pies en los pedales. Comenzamos a tocar juntas, pero rápidamente me perdí mientras las manos viejas continuaban.

Mi gato había saltado al tablero y se había sentado sobre sus ancas. Un gato naranja más pequeño se había acurrucado a mi lado. Mientras la música seguía sonando, las sombras aparecieron en la distancia. Algunas sombras eran de animales, otras de personas. Sus formas se volvieron más claras frente a mí, y comencé a reconocerlas.

Recordé a los gatos cerca de mí. Recuerdo el cuerpo inerte del viejo al final. Recuerdo que sostenía al pequeño, tratando de evitar que vomitara. Recordé las pequeñas piezas de las pérdidas que habían estado esparcidas por mi vida, como vidrios rotos y fotos viejas, rasgadas, que dejaban cortes en mis pies. Las sombras a lo lejos incluían al dueño de las manos viejas y al dueño de la taza de café.

Sobre el piano había un frijol pequeño y brillante, una posibilidad que estaba allí y se desapareció demasiado rápido. Observé con las manos apretadas en el vientre mientras la luz se atenuaba hasta desaparecer.

Me ardían los ojos, y sin que yo lo supiera, mis manos se habían clavado mi pecho, dejando una gran cavidad. En su interior estaba su propia sombra sólida.

Mi dolor era algo vivo. Había crecido conmigo; había cambiado de forma hasta que ya no pude seguir viviendo mientras lo tragaba. Mi cuerpo se había transformado en esta cosa débil y rota en su presencia. No pude. No puedo. Me había cansado y me había quedado sin dormir al negarlo. Mi cuerpo se estaba destruyendo a sí mismo solo para suprimir su recuerdo.

Sonaron algunas notas discordantes, y apareció una puerta.

Di unas palmaditas finales a mis compañeros y caminé hacia ella.

Cuando la atravesé, era pequeña de nuevo, y la puerta era la puerta de la habitación de mis abuelos. Estaban en la cama, las luces encendidas y en la televisión, a todo volumen, se veía *Sábado Gigante*.

—Abuelita, ¿puedo dormir contigo? —pregunté. Mis pies se estaban enfriando sobre las baldosas blancas.

Mi abuela dio una palmadita en el espacio entre ellos. Fui al pie de la cama y me arrastré hasta el centro. Me taparon con las sábanas, suaves por el uso. Respiré hondo, el olor de nuestro viejo detergente aún perduraba donde me acosté. Cerré los ojos, y me dormí con los sonidos de las trompetas y las voces apagadas.

Mi dolor era eterno. Pero si quería paz, tendría que revivirlo, de nuevo.

AGRADECIMIENTOS

Como de costumbre, hay demasiadas personas a las que agradecer. Comenzaré de manera simple con un enorme agradecimiento a DJ, que fue mi primer lector beta a zeta y me sacó de varias crisis nerviosas mientras escribía esta colección. A Mike Amato por su lectura beta y a Cristina Garcia por su apoyo.

Gracias a Cina Pelayo y V. Castro por publicar «Frijoles» en *Latinx Screams*. Gracias nuevamente a V. Castro y a Sonora Taylor por publicar «El diablo se sentó en el último banco» en *Fright Girl Winter*.

Agradezco el continuo apoyo de Rich S. Penney. También agradezco a mis compañeros bardos: Priya Sridhar, Matilda Reyes, Brandon Chinn, Enrique Bedlam, Myles y Omar. Y un agradecimiento a muchos otros escritores que han compartido palabras amables o su compasión conmigo. Lo siento si he pasado por alto a alguien, no lo hice con malicia.

Por supuesto, tengo que agradecer a mis padres, Alex y Luis, y a mis suegros, David y Tricia. En especial a mi padre, que se ha propuesto vender mi libro a extraños en cualquier tienda a la que va.

Por eso no puedo volver a aparecer en un Sam's Club.

Mi mayor agradecimiento es para mi familia, que criaron a este bicho raro. Los amo a todos.

ACERCA DE LA AUTORA

Laura "Queta" Diaz de Arce es la autora de MONSTROSITY: *Relatos de Transformación* y de *Máscara del Noble*. Escribe múltiples géneros y no le importa confundir a los lectores. Laura vive en el sur de Florida, rodeada de mosquitos, iguanas y, tal vez, un fantasma o dos. Puedes encontrar más información en su sitio, LauraDiazdeArce.com, y seguirla en Twitter, TikTok e Instagram @QuetaAuthor.

* * *

Para saber más de Laura Diaz de Arce y descubrir más autores de Next Chapter, visita nuestro sitio en www.nextchapter.pub.

INFORMACIÓN DE PUBLICACIÓN

"Frijoles" se publicó por primera vez en *Latinx Screams*, de Burial Day Books, editado por V. Castro y Cina Pelayo, 2021.

"El diablo se sentó en el último banco" se publicó por primera vez en FrightGirlSummer.com.

En ausencia
ISBN: 978-4-82415-685-3
Edición en rústica

Publicado por
Next Chapter
2-5-6 SANNO
SANNO BRIDGE
143-0023 Ota-Ku, Tokyo
+818035793528

16 noviembre 2022

www.ingramcontent.com/pod-product-compliance
Lightning Source LLC
LaVergne TN
LVHW032009070526
838202LV00059B/6360